HAPPY DAYS

HAPPY DAYS: A Play in Two Acts
by Samuel Beckett

This Korean edition was published by MUNHAKDONGNE
Publishing Corp., 2020 by arrangement with Grove/Atlantic, Inc.
through KCC(Korea Copyright Center Inc.), Seoul.

이 책의 한국어판 저작권은 ㈜한국저작권센터(KCC)를 통해
Grove/Atlantic, Inc.와 독점 계약한 ㈜문학동네에 있습니다.
저작권법에 의해 한국 내에서 보호를 받는 저작물이므로
무단 전재와 무단 복제를 금합니다.

이 도서의 국립중앙도서관 출판예정도서목록(CIP)은
서지정보유통지원시스템 홈페이지(http://seoji.nl.go.kr)와
국가자료공동목록시스템(http://www.nl.go.kr/kolisnet)에서
이용하실 수 있습니다. (CIP제어번호: CIP2020004775)

사뮈엘 베케트 희곡

김두리 옮김

해피 데이스

HAPPY
DAYS

문학동네

〈해피 데이스〉는 1961년 9월 17일 뉴욕의 체리레인 극장에서 '시어터 1962'(리처드 바·클린턴 와일더)의 제작으로 전 세계 초연되었으며, 연출가 앨런 슈나이더와 무대디자이너 윌리엄 리트먼이 참여했고 출연 배우는 다음과 같다.

위니 역   루스 화이트
윌리 역   존 C. 베허

위니, 오십 세가량의 여자
윌리, 육십 세가량의 남자

제1막

꼭대기가 솟아 있는 낮은 언덕에 펼쳐진 그을린 초원. 무대의 앞쪽과 양쪽은 완만한 내리막. 뒤쪽은 무대 바닥까지 보다 가파른 떨어짐. 최대한 단순 대칭.

눈부신 빛.

끝없는 평원과 하늘이 만나 아득히 멀어지는 매우 고전적인 트롱프뢰유[1] 기법의 배경막.

언덕 한복판에 허리 위까지 파묻혀 있는, 위니. 오십 세가량, 젊어 보이는 외모, 가급적 금발, 통통한 체형, 맨팔과 맨어깨, 깊게 파인 보디스[2], 풍만한 가슴, 진주 목걸이. 위니가 팔은 언덕 앞에, 머리는 팔 위에 내려놓은 채, 잠들어 있다. 위니의 언덕 왼쪽에 장바구니 같은, 큼직한 검정색 가방이, 오른쪽에는

접이식 양산이 접힌 채 놓여 있고, 양산 손잡이 끝은 양산집 밖
으로 나와 있다.

위니의 오른쪽 뒤에서, 언덕에 가려진 채, 땅에 누워 자고 있
는, 윌리.

긴 사이. 날카로운 종소리, 10초간 울리고, 멈춘다. 위니는
움직이지 않는다. 사이. 더 날카로운 종소리, 5초간 울린다. 위
니가 깨어난다. 종이 멈춘다. 위니가 고개를 들고, 정면을 응시
한다. 긴 사이. 위니가 몸을 일으켜, 양손을 땅에 판판하게 내
려놓고, 고개를 뒤로 젖혀 천정天頂을 응시한다. 긴 사이.

위니   (천정을 응시하며) 또 천국 같은 날이야. (사이. 고개
를 원위치로 내리고, 정면을 본다. 사이. 가슴께에서 양
손을 맞잡고, 눈을 감는다. 입술을 움직이지만 기도 소
리 들리지 않고, 10초간 지속한다. 입술을 멈춘다. 양손
은 계속 맞잡고 있다. 낮은 목소리로) 예수 그리스도
를 위하여 아멘. (눈을 뜨고, 양손을 풀어, 언덕에 내
려놓는다. 사이. 가슴께에서 다시 양손을 맞잡고, 눈을
감고, 다시 입술을 움직이지만 기도 소리 들리지 않고,
5초간 지속한다. 낮은 목소리로) 이제와 항상 영원히
아멘. (눈을 뜨고, 양손을 풀어, 언덕에 내려놓는다. 사
이) 시작해, 위니. (사이) 너의 하루를 시작해, 위

니. (사이. 가방 쪽으로 몸을 돌리고, 그것을 그 자리에 서 움직이지 않은 채 그 안을 뒤지다가, 칫솔을 꺼내고, 다시 뒤져서, 판판한 치약 튜브를 꺼내고, 정면으로 몸을 돌려서, 튜브 뚜껑을 돌려 열고, 뚜껑은 땅에 놓고서, 치약 한 덩이를 겨우 칫솔에 짜내, 한 손에 튜브를 쥐고 다른 손으로 칫솔질을 한다. 다소곳이 몸을 돌려 자신의 언덕 오른쪽 뒤로 침을 뱉는다. 이 자세에서 시선은 윌리에게 고정되어 있다. 침을 뱉는다. 몸을 좀더 뒤로 젖히고 내려다본다. 큰 목소리로) 우-우! (사이. 더 큰 목소리로) 우-우! (사이. 정면으로 몸을 돌리며 부드럽게 미소 짓고, 칫솔을 내려놓는다) 불쌍한 윌리― (튜브를 들여다보고, 미소 사라진다)―얼마 안 남았어―(뚜껑을 찾는다)―아 괜찮아―(뚜껑을 발견한다)―할 수 없지―(뚜껑을 돌려 닫는다)―그저 저 오래된 것 중 하나―(튜브를 내려놓는다)―저 오래된 것 중 또하나―(가방 쪽으로 몸을 돌린다)―그저 별수없지―(가방을 뒤진다)―별수없어―(작은 거울을 꺼내고, 정면으로 몸을 돌린다)―아 그래― (거울로 이를 살펴본다)―불쌍한 내 사랑 윌리― (엄지로 윗니를 확인하며, 불분명한 목소리로)―세상에 주여!―(윗입술을 젖히고 잇몸을 살피며, 같은 목소리로)—세상에 하느님!—(한쪽 입가를 젖히고, 입을 벌린다. 같은 목소리로)—아 괜찮아—(다른 쪽 입가, 같은 목소리로)—나빠진 건 없어—(살피는 것을 포기하고, 보통 목소리로)—좋아진 것도 없고, 나빠진 것도 없고—(거울을 내려놓는다)—변화도 없고—(손가락을 풀에 닦는다)—고통도 없고—(칫솔을 찾는다)—거의 없지—(칫솔을 집어든다)—굉장한 일이야—(칫솔 손잡이를 들여다본다)—그만한 게 없지—(손잡이를 들여다보며, 읽는다)—순수한… 뭐지?—(사이)—뭐지?—(칫솔을 내려놓는다)—아 그래—(가방 쪽으로 몸을 돌린다)—불쌍한 윌리—(가방을 뒤진다)—도무지—(뒤진다)—열정도 없고—(안경집을 꺼낸다)—삶에—(정면으로 몸을 돌린다)—애정도 없지—(안경집에서 안경을 집는다)—불쌍한 내 사랑 윌리—(안경집을 내려놓는다)—주구장창 자고—(안경다리를 펼친다)—기막힌 재능이야—(안경을 쓴다)—내가 보기에—(칫솔을 찾는다)—그만한 건 없어—(칫솔을 집어든다)—내가 항상 말하잖아—(칫솔 손잡이를 들여다본다)—나도 그걸 가져봤으면—(손잡이를 들여다보며, 읽는다)—진짜… 순수… 뭐지?—(칫솔

을 내려놓는다)—다음은 장님이군—(안경을 벗는
다)—아 괜찮아—(안경을 내려놓는다)—볼 만큼
봤어—(보디스 안을 더듬어 손수건을 찾는다)—내
생각에—(접힌 손수건을 꺼낸다)—지금까지는—
(손수건을 턴다)—그 놀라운 시구가 뭐더라—(한
쪽 눈을 닦는다)—슬프디슬픈 내 신세—(다른 쪽 눈
을 닦는다)—지금의 그를 보고 있으니[3]—(안경을
찾는다)—아 그래—(안경을 집어든다)—그게 아쉬
울 리 없지—(안경알에 입김을 불어, 안경을 닦기 시
작한다)—아니 아쉬우려나?—(닦는다)—거룩한
빛—(닦는다)—어둠 속에서 불쑥 솟아오르는—
(닦는다)—지옥 같은 눈부신 빛. (동작을 멈추고, 고
개를 들어 하늘을 본다. 사이. 고개를 원위치로 내리고,
다시 안경을 닦다가, 동작을 멈추고, 몸을 오른쪽 뒤로
젖혀 내려다본다) 우-우! (사이. 정면으로 몸을 돌리
며 부드럽게 미소 짓고 다시 안경을 닦는다. 미소 사라
진다) 기막힌 재능이야—(동작을 멈추고, 안경을 내
려놓는다)—나도 그걸 가져봤으면—(손수건을 접
는다)—아 괜찮아—(손수건을 보디스에 넣는다)—
불평할 수 없지—(안경을 찾는다)—안 돼 안 돼—
(안경을 집어든다)—불평해선 안 돼—(안경을 들어

올리고, 한쪽 안경알 너머로 보며)―감사한 일이 정
말 많잖아―(다른 쪽 안경알 너머로 보며)―고통
도 없고―(안경을 쓴다)―거의 없지―(칫솔을 찾
는다)―놀라운 일이야―(칫솔을 집어든다)―그만
한 게 없지―(칫솔 손잡이를 들여다본다)―가끔 가
벼운 두통이 있긴 해―(손잡이를 들여다보며, 읽는
다)―보증된… 진짜… 순수… 뭐지?―(더 가까이
본다)―진짜 순수…―(보디스에서 손수건을 꺼낸
다)―아 그래―(손수건을 턴다)―더러 미약한 편
두통이 있지―(칫솔 손잡이를 닦기 시작한다)―그
게 왔다가―(닦는다)―또 가잖아―(기계적으로 닦
으며)―아 그래―(닦으며)―넘치는 자비지―(닦
으며)―위대한 자비야―(동작을 멈추고, 망연히 시
선을 고정한 채, 갈라지는 목소리로)―기도가 아마
헛되진 않을 거야―(사이, 같은 목소리로)―아침
일찍―(사이, 같은 목소리로)―저녁 늦게―(고개를
숙이고, 다시 닦다가, 동작을 멈추고, 고개를 들어, 차분
하게, 눈을 닦고, 손수건을 접어서, 그것을 보디스에 넣
고, 칫솔 손잡이를 들여다보며, 읽는다)―완전히 보
증된… 진짜 순수…―(더 가까이 본다)―진짜 순
수… (안경을 벗어서, 안경과 칫솔을 내려놓고, 앞을

응시한다) 오래된 물건. (사이) 오래된 눈. (긴 사이)
계속해, 위니. (주변을 살피다가, 양산을 보고, 긴 시간
음미하다, 그것을 집어들고서 양산집에서 놀랄 만큼 기
다란 손잡이를 뺀다. 오른손으로 양산 꼭지를 잡고 몸을
오른쪽 뒤로 젖혀 윌리 위로 늘어뜨린다) 우--우! (사
이) 윌리! (사이) 놀라운 재능이야. (양산 손잡이 끝
으로 윌리를 내리찌른다) 나도 그걸 가져봤으면. (다
시 찌른다. 위니의 움켜쥔 손에서 양산이 미끄러져 언
덕 아래로 떨어진다. 윌리의 보이지 않는 손이 곧장 위
니에게 그것을 돌려준다) 고마워요, 여보. (양산을 왼
손에 바꿔들고, 정면으로 몸을 돌리고서 오른쪽 손바닥
을 들여다본다) 축축해. (양산을 다시 오른손에 바꿔
들고, 왼쪽 손바닥을 들여다본다) 아 괜찮아, 나빠진
건 없어. (고개를 들고, 명랑한 목소리로) 좋아진 것
도 없고, 나빠진 것도 없고, 변화도 없고. (사이. 같
은 목소리로) 고통도 없지. (앞과 같이 양산 꼭지를 잡
고, 몸을 뒤로 젖혀 윌리를 내려다본다) 이제 다시 잠
들지 마요 여보 제발요, 당신이 필요할지 몰라요.
(사이) 급할 것 없어요, 급할 것 없어요, 다시 몸을
웅크리지만 마요. (정면으로 몸을 돌려서, 양산을 내
려놓고, 양손바닥을 함께 들여다보고, 손바닥을 풀에 닦

는다) 그래도 아마 몸이 좀 안 좋을 수 있지. (가방 쪽으로 몸을 돌리고, 그 안을 뒤져서, 리볼버 권총을 꺼내고, 그것을 들어올려, 재빨리 입을 맞추고 나서, 다시 가방에 넣고, 그 안을 뒤져서, 거의 비어 있는 빨간 약병을 꺼내고, 정면으로 몸을 돌려, 안경을 찾아서, 그것을 쓰고, 약병 라벨을 읽는다) 기력저하… 의욕상실… 식욕부진… 유아… 소아… 성인… 여섯 번… 스푼 가득 매일 ―(고개를 들고, 미소 짓는다) ― 오래된 방식이야! ―(미소 사라지고, 고개 숙여, 읽는다) ― 매일… 식사… 전후… 즉시… (더 가까이 본다) … 호전. (안경을 벗어, 그것을 내려놓고, 팔을 뻗은 거리에서 병을 들어올려 남은 양을 확인하고, 뚜껑을 돌려 열고서, 고개를 충분히 뒤로 젖혀 단숨에 그것을 비우고, 뚜껑과 병을 윌리 쪽으로 내던진다. 유리 깨지는 소리) 아 한결 좋네! (가방 쪽으로 몸을 돌리고, 그 안을 뒤져서, 립스틱을 꺼내고, 정면으로 몸을 돌려, 립스틱을 들여다본다) 얼마 안 남았어. (안경을 찾는다) 아 괜찮아. (안경을 쓰고, 거울을 찾는다) 불평해선 안 돼. (거울을 들어올려, 입술에 립스틱을 바르기 시작한다) 그 놀라운 시구가 뭐더라? (입술) 오 흘러간 기쁨이여 ―(입술)― 오 뭐한 영원한 슬픔이여.[4] (입

술. 윌리의 어수선한 소리에 위니가 동작을 멈춘다. 윌
리가 꼿꼿이 앉는다. 위니가 립스틱과 거울을 내리고 몸
을 뒤로 젖혀 윌리를 내려다본다. 사이. 피가 흘러내리
는, 윌리의 벗어진 뒤통수가, 비탈 위로 올라와서, 멈춰
선다. 위니가 이마 위로 안경을 밀어올린다. 사이. 윌리
의 손이 손수건을 든 채 나타나, 그것을 두개골에 펼치
고, 사라진다. 사이. 손이 스트라이프 밴드 장식의, 밀
짚모자를 든 채 나타나, 비스듬히, 그것을 머리에 씌우
고, 사라진다. 사이. 위니가 몸을 좀더 뒤로 젖히고 내려
다본다) 속바지 걸쳐요, 여보, 그을리기 전에 어서.
(사이) 싫어요? (사이) 오 알겠어요, 아직도 그게 좀
남았군요. (사이) 스며들게 잘 발라요, 여보. (사이)
이제 저쪽. (사이. 위니가 정면으로 몸을 돌리고, 앞을
응시한다. 행복한 표정) 오 오늘도 행복한 날이 될 거
예요! (사이. 행복한 표정 사라진다. 위니가 안경을 내
려쓰고 다시 입술에 립스틱을 바르기 시작한다. 윌리가
신문을 펼치고, 손은 보이지 않는다. 누런 신문지 양끝
이 윌리의 머리 양쪽으로 펼쳐진다. 위니가 립스틱을 다
바르고, 거울을 좀더 멀리 들고서 입술을 살펴본다) 진
홍색 깃발. (윌리가 신문지를 넘긴다. 위니가 립스틱과
거울을 내려놓고, 가방 쪽으로 몸을 돌린다) 창백한 깃

발.5 (윌리가 신문지를 넘긴다. 위니가 가방을 뒤져서, 깃 장식이 구겨진 챙 없는 작고 화려한 모자를 꺼내고, 정면으로 몸을 돌려, 모자를 반듯이 펴고, 깃을 매만지고, 그것을 머리에 쓰려다가, 윌리의 소리에 동작을 멈춘다)

윌리 지극히 존경하는 대주교 카롤루스 헌터 은하殿下 욕조에서 서거.

(사이)

위니 (정면을 응시하고, 손에 모자를 든 채, 뜨거운 추억에 잠긴 목소리로) 찰리 헌터! (사이) 눈을 감으면 ― (위니가 안경을 벗어서, 한 손에 모자를, 다른 손에 안경을 든 채 눈을 감는다, 윌리가 신문지를 넘긴다) ― 내가 다시 그의 무릎에 앉아 있어요, 버러그린의 뒤뜰에 있는, 말녀도밤나무6 아래서. (사이. 눈을 뜨고, 안경을 쓰고, 모자를 만지작거린다) 오 행복한 기억들!

(사이. 위니가 모자를 머리에 쓰려다가, 윌리의 소리에

동작을 멈춘다)

윌리   영리한 청년 모집.

(사이. 위니가 모자를 머리에 쓰려다가, 동작을 멈추고, 안경을 벗어서, 한 손에 모자를, 다른 손에 안경을 든 채, 정면을 응시한다)

위니   내 첫번째 무도회! (긴 사이) 내 두번째 무도회! (긴 사이. 눈을 감는다) 내 첫 키스! (사이. 윌리가 신문지를 넘긴다. 위니가 눈을 뜬다) 존슨, 아니 존스턴, 아니 어쩌면 존스톤일 수도 있어요. 콧수염이 진짜 풍성했는데, 진짜 황갈색이었어요. (경건하게) 거의 생강빛이었죠! (사이) 공구창고 안이었는데, 누구네 창고였는지 생각이 안 나요. 우리는 공구창고가 없었고 그이도 분명 공구창고가 없었는데. (눈을 감는다) 화분이 차곡차곡 쌓여 있어요. (사이) 뒤엉켜 있는 인피섬유들. (사이) 서까래 사이로 짙어지는 그림자.

(사이. 위니가 눈을 뜨고, 안경을 쓰고, 모자를 머리에

쓰려다가, 윌리의 소리에 동작을 멈춘다)

윌리   똑똑한 소년 구함.

(사이. 위니가 황급히 모자를 쓰고, 거울을 찾는다. 윌리가 신문지를 넘긴다. 위니가 거울을 들어올려, 모자를 살펴보고 나서, 거울을 내려놓고, 가방 쪽으로 몸을 돌린다. 신문 사라진다. 위니가 가방을 뒤져서, 돋보기를 꺼내고, 정면으로 몸을 돌려, 칫솔을 찾는다. 접힌 상태로, 다시 나타난 신문이, 윌리의 얼굴에 부채질하기 시작하고, 손은 보이지 않는다. 위니가 칫솔을 집어들고 돋보기로 손잡이를 들여다본다)

위니   완전히 보증된… (윌리가 부채질을 멈춘다) …진짜 순수… (사이. 윌리가 다시 부채질한다. 위니가 더 가까이 보며, 읽는다) 완전히 보증된… (윌리가 부채질을 멈춘다) …진짜 순수… (사이. 윌리가 다시 부채질한다. 위니가 돋보기와 칫솔을 내려놓고, 보디스에서 손수건을 꺼내서, 안경을 벗어서 닦고, 안경을 쓰고, 돋보기를 찾아, 돋보기를 들어서 닦고, 돋보기를 내려놓고, 칫솔을 찾아, 칫솔을 들어서 손잡이를 닦고, 칫솔을 내

려놓고, 손수건을 보디스에 넣고서, 돋보기를 찾아, 돋
보기를 들고, 칫솔을 찾아, 칫솔을 들고 돋보기로 손잡
이를 들여다본다) 완전히 보증된… (윌리가 부채질을
멈춘다) …진짜 순수… (사이, 윌리가 다시 부채질한
다) …비육돈의 (윌리가 부채질을 멈춘다, 사이) …
털. (사이. 위니가 돋보기와 칫솔을 내려놓는다, 신문
사라진다, 위니가 안경을 벗어서, 그것을 내려놓고, 정
면을 응시한다) 비육돈의 털. (사이) 정말 놀랍다고
생각해요, 그냥 흘러가는 법이 없잖아요 단 하루
도―(미소 짓는다)―오래된 방식으로 말하자면―
(미소 사라진다)―거의 단 하루도, 사소한 지식이
나마 조금도 쌓이지 않고 흘러가는 법이 없죠, 쌓
이기 마련이라는 거예요 내 말은, 노력하는 경우
에. (윌리의 손이 우편엽서를 든 채 다시 나타나고 그것
을 윌리가 가까이 들여다본다) 그리고 만일 어떤 이
상한 이유로 더이상 노력을 할 수 없게 된다면, 그
땐 그저 눈을 감고―(위니가 눈을 감는다)―그날
이 오기를 기다리는 수밖에요―(눈을 뜬다)―살점
이 어마어마한 온도에 녹아내리고[7] 달밤이 수백 시
간 어마어마하게 지속되는 행복한 날을. (사이) 정
말 위안이 된다고 생각해요 내가 용기를 잃고 이

성 없는 짐승을 부러워할 때. (윌리 쪽으로 몸을 돌린
다) 당신이 들었으면 좋겠어요─(엽서를 보고, 몸을
좀더 숙인다) 거기 들고 있는 게 뭐예요, 윌리, 봐도
돼요? (아래로 손을 뻗자 윌리가 엽서를 건넨다. 털이
수북한 팔뚝이 비탈 위로 나타나서, 주는 동작으로 들
어올린 손을, 돌려받기 위해 펼친 채, 엽서를 다시 받을
때까지 이 자세로 있는다. 위니가 정면으로 몸을 돌리
고 엽서를 들여다본다) 세상에 무슨 짓들을 하는 거
야! (안경을 찾아서, 그것을 쓰고 엽서를 들여다본다)
아니 이거 진짜 순전 쓰레기잖아! (엽서를 들여다본
다) 점잖은 사람은 구역질나겠어! (초조해하는 윌리
의 손가락. 위니가 돋보기를 찾아서, 그것을 집어들고
돋보기로 엽서를 들여다본다. 긴 사이) 뒤에 있는 저
사람은 대체 뭘 하려는 거죠? (더 가까이 본다) 오
아니 진짜! (초조해하는 윌리의 손가락. 오래 지속되
는 마지막 시선. 위니가 돋보기를 내려놓고, 오른쪽 엄
지와 집게손가락으로 엽서 한구석을 잡고, 고개를 돌려,
왼쪽 엄지와 집게손가락으로 코를 잡는다) 푸아! (엽서
를 떨어뜨린다) 그거 저리 치워요! (윌리의 팔이 사라
진다. 윌리의 손이 곧장 엽서를 들고, 다시 나타난다. 위
니가 안경을 벗어서, 그것을 내려놓고, 앞을 응시한다.

이어지는 장면 내내 윌리는 눈앞에서 각도와 거리를 달
리해가며, 계속 엽서를 만끽한다) 비육돈의 털. (어리
둥절한 표정) 정확히 비육돈이 뭐죠? (사이. 같은 표
정) 암퇘지라면 물론 알지만, 비육돈은… (어리둥
절한 표정 사라진다) 오 괜찮아요 그게 무슨 상관이
에요, 내가 항상 말하잖아요, 그건 다시 생각날 거
예요, 정말 놀랍다고 생각해요, 전부 다시 생각나
는 게. (사이) 전부? (사이) 아니, 전부는 아니에요.
(미소 짓는다) 아니에요 아니에요. (미소 사라진다)
완전히는 아니에요. (사이) 일부가. (사이) 어느 화
창한 날에, 별안간, 떠오르죠. (사이) 정말 놀랍다
고 생각해요. (사이. 위니가 가방 쪽으로 몸을 돌린다.
윌리의 손과 엽서가 사라진다. 위니가 가방을 뒤지려다,
동작을 멈춘다) 안 돼. (위니가 정면으로 몸을 돌린다.
미소 짓는다) 안 돼 안 돼. (미소 사라진다) 천천히,
위니. (위니가 정면을 응시한다. 윌리의 손이 다시 나
타나, 모자를 벗고, 모자를 든 채 사라진다) 뭐지 다
음은? (손이 다시 나타나, 두개골에서 손수건을 거두
고, 손수건을 든 채 사라진다. 주의를 기울이지 않는 사
람에게 하듯, 날카로운 목소리로) 위니! (윌리가 고개
를 숙여서 머리가 보이지 않는다) 뭐지 **이제** 다른 가

능성은? (사이) 뭐지 **이제** 다른 가—(윌리가 코를 오 랫동안 시끄럽게 푼다. 머리와 손은 보이지 않는다. 위 니가 몸을 돌려 윌리를 본다. 사이. 머리가 다시 나타난 다. 사이. 윌리의 손이 손수건을 든 채 다시 나타나, 그 것을 두개골에 펼치고, 사라진다. 사이. 손이 밀짚모자 를 든 채 다시 나타나, 비스듬히, 그것을 머리에 씌우고, 사라진다. 사이) 당신을 자게 내버려뒀어야 하는 건 데. (위니가 정면으로 몸을 돌린다. 고개를 아래위로 까 닥거리고, 간간이 풀을 뽑으며, 이어지는 장면에 활기를 돋운다) 아 그래요, 내가 혼자 있는 걸 견딜 수 있 다면, 말하자면 듣는 사람 하나 없이 지껄일 수 있 다면. (사이) 당신이 내 말을 많이 듣는다고 착각하 진 않아요, 아니요 윌리, 신이 허락하지 않을 거예 요. (사이) 아마 전혀 듣지 않는 날들도 있겠죠. (사 이) 하지만 당신이 대답하는 날들도 있잖아요. (사 이) 그래서 내가 언제나 말하는 건지 몰라요, 당신 이 대답하지 않고 아마 전혀 듣지 않는 날에도, 이 말에서 뭔가 들리기 마련이고, 그렇다면 내가 단순 히 혼잣말하는 게 아니잖아요, 그건 광야에서, 내 가 결코 견딜 수 없는 일이에요—언제까지나. (사 이) 그게 나를 계속할 수 있게, 계속 말할 수 있게

해줘요. (사이) 그렇지만 당신이 죽었다면—(미소
짓는다)—오래된 방식으로 말하자면—(미소 사라
진다)—혹은 나를 버리고 떠났다면, 그럼 내가 뭘
하겠어요, 내가 뭘 **할 수** 있겠어요, 하루종일, 말하
자면 기상종과 취침종 사이에? (사이) 그저 입을
굳게 다물고 앞을 응시하겠죠. (그렇게 동작을 취하
며 긴 사이. 풀은 더이상 뽑지 않는다) 숨을 쉬는 동안
아무 말도 내뱉지 않고, 이 장소의 정적을 깨는 아
무 일도 하지 않고. (사이) 아마, 때때로, 시시때때
로, 거울을 보고 한숨지을 수도 있겠죠. (사이) 아
니면 짧게… 한바탕 폭소를 터뜨릴 수도, 다시 오
래된 농담[8]을 마주하게 되면요. (사이. 엷게 띤 미
소. 점차 번지며 웃음이 나오려는 순간 돌연 불안한 표
정으로 바뀐다) 내 머리카락! (사이) 내가 머리카락
을 솔질하고 빗질했던가요? (사이) 아마 했을 거예
요. (사이) 보통 하니까요. (사이) 우리가 **할 수** 있는
일이 너무 없어요. (사이) 우리는 그걸 모두 하잖아
요. (사이) 할 수 있는 모든 일을. (사이) 인간만이
그래요. (사이) 인간의 천성. (언덕을 살피기 시작하
다가, 눈을 든다) 인간의 무력함. (다시 언덕을 살피다
가, 눈을 든다) 천성적 무력함. (다시 언덕을 살핀다)

빗이 안 보여요. (살핀다) 솔도 안 보여요. (눈을 든
다. 어리둥절한 표정. 가방 쪽으로 몸을 돌려서, 그 안을
뒤진다) 빗이 여기에 존재해요. (정면으로 몸을 돌린
다. 어리둥절한 표정. 가방 쪽으로 몸을 돌린다. 그 안을
뒤진다) 솔이 여기에 존재해요. (정면으로 몸을 돌린
다. 어리둥절한 표정) 내가 아마 쓰고 나서, 다시 넣
었나봐요. (사이. 같은 표정) 하지만 보통은 쓰고 나
서, 다시 넣지 않는데, 아니, 아무렇게나 내팽개쳤
다가 한꺼번에 넣는데, 하루가 끝날 무렵에. (미소
짓는다) 오래된 방식으로 말하자면. (사이) 달콤한
오래된 방식.9 (미소 사라진다) 하지만 기억이… 날
것도… 같은데… (갑자기 무심한 목소리로) 오 괜찮
아요, 그게 무슨 상관이에요, 내가 항상 말하잖아
요, 그냥 나중에 솔질하고 빗질하면 돼요, 그냥, 내
모든 머리카락―(사이. 어리둥절한 표정) 들을? (사
이) 아니면 머리카락을? (사이) **그것을 솔질하고 빗
질한다?** (사이) 왠지 이상하게 들리는데. (사이. 윌리
쪽으로 몸을 약간 돌리며) 당신은 뭐라고 말해요, 윌
리? (사이. 몸을 좀더 돌리며) 당신은 뭐라고 말하느
냐고요, 윌리, 당신 머리카락이요, 그것들 아니면
그것? (사이) 당신 머리에 난 머리카락 말이에요.

(사이. 몸을 좀더 돌리며) 당신 머리에 난 머리카락이요, 윌리, 당신 머리에 난 머리카락을 당신은 뭐라고 말하느냐고요, 그것들 아니면 그것?

(긴 사이)

윌리 그것.

위니 (정면으로 몸을 돌리고, 기뻐하며) 오 오늘 당신이 나한테 말을 하려 하다니, 오 행복한 날이 될 거예요! (사이. 기쁜 표정 사라진다) 또 행복한 날. (사이) 아 그나저나, 내가 어디까지 했더라, 내 머리카락, 그래요, 나중에, 난 그것에 감사할 거예요 나중에. (사이) 내가 쓴―(모자에 양손을 올린다)―그래요, 내가 쓴 모자―(양손을 내린다)―지금 난 그걸 벗을 수 없어요. (사이) 목숨이 달려 있어도, 모자를 벗을 수 없는 시간이 있다니. 그것을 쓸 수 없는 시간, 그것을 벗을 수 없는 시간. (사이) 난 시도 때도 없이 말해요, 지금 모자를 써, 위니, 그것밖에 할 수 없어, 지금 모자를 벗어, 위니, 착한 아이처럼, 그게 너한테 이로울 거야, 하지만 그러지 않앉어요. (사이) 그럴 수 없었어요. (사이. 손을 올려, 모자 아래로 머리 한 가닥을 빼고, 그것을 눈 쪽으로 당겨, 사팔눈으로 보다가, 그것을 놓고, 손을 내린다) 금발이라고 당신이 그걸 불렀어요, 그날, 마지막 손님이 떠나고 ― (잔을 들어올리는 동작으로 손을 올린다) ― 당신의 금발을 위해… 아마 그건 결코… (목소리가 갈라진다) …아마 그건 결코… (손을 내린다. 고개를 숙인다. 사이. 낮은 목소리로) 그날. (사이. 같은 목소리로) 어떤 날? (사이. 고개를 든다. 보통 목소리로) 이제는? (사이) 말이 안 나와요, 말조차 안 나오는 때가 있어요. (윌리 쪽으로 몸을 약간 돌리며) 그렇지 않나요, 윌리? (사이. 몸을 좀더 돌리며) 안 그렇나요, 윌리, 말조차 안 나오지 않아요, 때로는? (사이. 정면으로 몸을 돌린다) 그러면 우리가 뭘 할 수 있죠, 말이 다시 나올 때까지? 머리를 하지 않았거나, 약간 의심쩍다 싶으면, 머리를 솔질하고 빗질하고, 손톱 정돈이 필요하면 손톱을 정돈하고, 이것들이 우리를 헤쳐나갈 수 있게 하죠. (사이) 그게 내가 하고 싶은 말이에요. (사이) 그게 내가 말하고 싶은 전부예요. (사이) 정말 놀랍다고 생각해요, 그냥 흘러가는 법이 없잖아요 단 하루

도─(미소 짓는다)─오래된 방식으로 말하자면─
(미소 사라진다)─불행이 가져오는─(윌리가 비탈
뒤에서 쓰러져. 그의 머리가 사라지고, 위니가 일이 벌
어진 쪽으로 몸을 돌린다)─약간의 축복 없이. (몸을
뒤로 젖히고 내려다본다) 이제 당신 구멍으로 돌아가
요, 윌리, 충분히 쬐었잖아요. (사이) 내 말 들어요,
윌리, 이 지옥 같은 태양 아래 거기서 널브러져 있
지 말고, 당신 구멍으로 돌아가요. (사이) 지금 어
서요, 윌리. (보이지 않는 윌리가 구멍을 향해 왼쪽으
로 기어가기 시작한다) 그래요 그거예요. (위니의 시
선이 윌리의 움직임을 좇는다) 머리부터 넣으면 어떡
해요, 멍청하게, 몸은 어떻게 돌리려고? (사이) 옳
지… 오른쪽으로 돌아서… 지금… 뒷걸음으로 들
어가요. (사이) 오 알아요 그게 쉽지 않죠, 여보, 뒤
로 기는 게, 하지만 그게 최후에 보상이 있을 거예
요. (사이) 당신 뒤에 바셀린 두고 갔어요. (윌리가
바셀린을 찾으러 기어나오는 모습을 위니가 지켜본다)
뚜껑! (윌리가 구멍으로 기어들어가는 모습을 위니가
지켜본다. 짜증내며) 머리부터 넣지 말라고, 말을 해
도! (사이) 오른쪽으로 더. (사이) **오른쪽**이라고, 말
했잖아요. (사이. 짜증내며) 엉덩이 내리고, 맙소사!

(사이) 지금. (사이) 거기! (해당 명령 모두 크게. 이제 보통 목소리로, 몸은 계속 윌리 쪽으로 돌린 채) 거기서 내 말 들려요? (사이) 제발 대답해줘요, 윌리, 그저 그렇다 아니다. 거기서 내 말 들려요, 그저 그렇다 아니다.

(사이)

윌리   그래.

위니   (정면으로 몸을 돌리며, 같은 목소리로) 그럼 지금은?

윌리   (짜증내며) 그래.

위니   (덜 크게) 그럼 지금은?

윌리   (더 짜증내며) 그래.

위니   (훨씬 덜 크게) 그럼 지금은? (약간 더 크게) 그럼 지금은?

윌리   (사납게) 그래!

위니   (같은 목소리로) 태양의 열기를 더이상 두려워 마라.[10] (사이) 들었어요?

윌리   (짜증내며) 그래.

위니   (같은 목소리로) 뭐라고요? (사이) 뭐라고요?

윌리   (더 짜증내며) 더이상 두려워 마라. (사이)

위니   (같은 목소리로) 뭘 더이상? (사이) 뭘 더이상 두려워 마라?

윌리   (사납게) 더이상 두려워 마라!

위니   (보통 목소리로, 재잘거리며) 신의 축복이 있길 윌리 당신의 자상함에 정말 감사해요 나도 당신이 얼마나 애쓰는지 알아요, 이제 쉬어도 좋아요 당신을 더이상 괴롭히지 않을게요 내가 어쩔 수 없는 상황

이 아니라면, 말하자면 전혀 예상 밖으로 어쩔 도
리가 없는 상황이 아니라면요, 실상 당신이 내 말
을 듣지 않는다고 해도 이론상 내 말을 들을 수 있
다는 사실을 아는 것만이 내가 원하는 전부예요,
당신이 거기 내 말이 들리는 거리에서 가능한 한
내 말에 귀기울인다는 사실을 느끼는 것만이 내가
바라는 전부예요, 당신이 듣지 않았으면 하는 말이
나 당신에게 고통을 줄 수 있는 말은 하고 싶지 않
고, 의심치 않고서 말하자면 아무것도 모르고서 그
저 지껄이는 말도 나를 괴롭히는 말도 하고 싶지
않아요. (한숨 돌리기 위한 사이) 의심. (심장 부근에
검지와 중지를 대고, 움직이다가, 멈춘다) 여기. (손가
락을 살짝 움직인다) 언저리. (손을 뗀다) 오 의심의
여지 없이 내가 앞서 한 말을 당신이 들었는지 확
인하고 나서 뒷말을 할 수 있는 시간이 올 테고 그
런 다음에는 의심의 여지 없이 내가 혼잣말하는 법
을 배워야 하는 다른 시간이 또 올 거예요 내가 결
코 견딜 수 없는 일이에요 그런 광야는. (사이) 아
니면 입을 굳게 다물고 앞을 응시하겠죠. (그렇게
동작을 취한다) 하루종일. (앞을 응시하고 입을 다문
다) 안 돼요. (미소 짓는다) 안 돼요 안 돼요. (미소

사라진다) 가방이 물론 있어요. (그쪽으로 몸을 돌린
다) 가방은 항상 있을 거예요. (정면으로 몸을 돌린
다) 그래요, 그럴 거예요. (사이) 당신이 떠나더라
도, 윌리. (윌리 쪽으로 몸을 약간 돌린다) 떠날 거죠,
윌리, 안 그래요? (사이. 더 큰 목소리로) 곧 떠나겠
죠, 윌리, 안 그래요? (사이. 더 큰 목소리로) 윌리!
(사이. 몸을 뒤로 젖혀 윌리를 내려다본다) 당신 밀짚
모자를 벗었네요, 잘 생각했어요. (사이) 정말이지,
편안해 보여요, 그늘 속에서 양손으로 받친 턱이며
왕방울만한 오래된 파란 눈이며. (사이) 거기서 내
가 보이나요 난 궁금해요, 난 여전히 궁금해요. (사
이) 안 보이나요? (정면으로 몸을 돌린다) 오 알아요
두 사람이 모였을 때—(더듬거리며)—이렇게—
(보통 목소리로)—한 사람이 다른 사람을 본다고
해서 반드시 다른 사람도 그 한 사람을 보는 건 아
니죠, 삶이 내게 가르쳐줬어요… 그것도. (사이) 그
래요, 삶일 거예요, 다른 말은 없어요. (윌리 쪽으로
몸을 약간 돌린다) 당신 생각에, 윌리, 당신이 있는
곳에서, 내 쪽으로 눈을 들면, 나를 볼 수 있겠어
요? (몸을 좀더 돌린다) 눈을 들어봐요, 윌리, 그리
고 나를 볼 수 있는지 말해줘요, 날 위해서 해줘요,

할 수 있는 한 몸을 뒤로 젖혀볼게요. (몸을 뒤로 젖
힌다. 사이) 안 돼요? (사이) 뭐 상관없어요. (정면으
로 고통스럽게 몸을 돌린다) 땅이 오늘 꽉 죄네요, 내
가 살이 찐 걸까요, 그럴 리가. (사이. 망연히, 눈을
내리뜨며) 열기가 대단한가봐요 아마. (땅을 토닥거
리고 쓰다듬기 시작한다) 모든 게 팽창하고 있어요,
어떤 건 다른 것보다 많이. (사이. 땅을 토닥거리고
쓰다듬으며) 어떤 건 보다 적게. (사이. 같은 동작) 오
당신이 무슨 생각을 하는지 충분히 상상할 수 있어
요, 저 여자는 들어주는 것도 충분하지 않아서, 이
젠 내가 바라봐주기까지 해야 하는군. (사이. 같은
동작) 뭐 정말 그럴 수 있어요. (사이. 같은 동작) 더
없이 그럴 수 있어요. (사이. 같은 동작) 우리가 많
은 걸 바라는 것 같지 않아요, 때때로 그게 거의 불
가능할 때조차도요— (갈라지는 목소리로, 속삭이기
시작한다) —같은 인간에게—적게 바라는 일 말이
에요—완곡하게 말하자면—반면에 실제로—당
신이 그걸 생각해보면—당신의 마음을 들여다보
고—타인의 마음을 볼 때—그가 원하는 것이—
평화고—평화롭게 내버려두는 거라면—그건 아
마도 달을—지금껏 내내—달을 요구하는 것이겠

죠. (사이. 땅을 쓰다듬던 손이 갑자기 멈춘다. 생기 있게) 에구머니, 이게 뭐야? (고개를 땅으로 숙이고, 의아한 듯) 살아 있는 것 같네! (안경을 찾아서, 그것을 쓰고, 고개를 더 깊숙이 숙인다. 사이) 개미! (흠칫 놀란다. 날카롭게) 윌리, 개미, 살아 있는 개미예요! (돋보기를 쥐고, 다시 고개를 숙여서, 돋보기로 살펴본다) 그게 어디 갔지? (살펴본다) 아! (풀 사이로 그 움직임을 좇는다) 작은 흰 공 같은 걸 품에 안고 있어요. (움직임을 좇는다. 손이 멈춘다. 사이) 그게 땅속으로 들어갔어요. (돋보기로 잠시 동안 한 지점을 계속 응시하다가, 천천히 몸을 일으켜, 돋보기를 내려놓고, 안경을 벗어 손에 든 채, 앞을 응시한다. 마침내) 작은 흰 공 같은.

(긴 사이. 안경을 내려놓으려는 동작)

윌리 알들.

위니 (동작을 멈추며) 뭐라고요?

(사이)

윌리   알들. (사이. 위니가 안경을 내려놓으려는 동작) 스멀
거림.[11]

위니   (동작을 멈추며) 뭐라고요?

(사이)

윌리   스멀거림.

(사이. 위니가 안경을 내려놓고, 앞을 응시한다. 마침내)

위니   (속삭인다) 주여. (사이. 윌리가 조용히 웃는다. 잠시
후 위니가 같이 웃는다. 둘이서 조용히 함께 웃는다. 윌
리가 웃음을 멈춘다. 위니가 잠시 동안 혼자 웃는다. 윌
리가 같이 웃는다. 둘이서 함께 웃는다. 위니가 웃음을
멈춘다. 윌리가 잠시 동안 혼자 웃는다. 윌리가 웃음을
멈춘다. 사이. 보통 목소리로) 아 괜찮아요 어쨌든 당
신의 웃음소리를 다시 듣게 돼서 정말 기뻐요, 윌
리, 내가 웃을 일도, 당신이 웃을 일도 절대 없을
거라고 확신했거든요. (사이) 우리가 다소 불경하

다고 생각할 사람들도 있겠지만, 나는 아무래도 그
게 의심스러워요. (사이) 전능하신 분의 시시한 농
담에, 더욱이 그 농담이 형편없을 때, 그분과 함께
킬킬대는 것보다 더 그분을 찬양할 수 있는 방법이
있을까요? (사이) 당신도 거기에서 나와 같은 생각
일 거라고 믿어요, 윌리. (사이) 아니면 우리가 완
전히 다른 생각을 하며 즐거워했던 걸까요? (사이)
아 괜찮아요, 그게 무슨 상관이에요, 내가 항상 말
하잖아요, 어떤 경우에… 알다시피… 그 놀라운
시구가 뭐더라… 사납게 웃어젖히는… 사납게 웃
어젖히는 뭐 뭐 극심한 슬픔 속에서.[12] (사이) 그럼
지금은? (긴 사이) 한때는 내가 사랑스러웠나요, 윌
리? (사이) 한 번이라도 내가 사랑스러웠나요? (사
이) 내 질문을 오해하지 마요, 난 당신이 나를 사랑
했는지 묻는 게 아니에요, 그건 우리 다 알잖아요,
난 당신이 나를 사랑스럽다고 여긴 적이 있는지 묻
는 거예요―어느 시기에. (사이) 없어요? (사이) 말
할 수 없어요? (사이) 뭐 그게 어려운 질문이긴 하
죠. 그리고 당신은 이미 당신 몫보다 더 많은 일을
했어요, 지금으로서는, 이제 누워서 편히 쉬어요,
내가 어쩌지 못하는 상황이 아니라면 당신을 다시

는 괴롭히지 않을게요, 당신이 거기 내 말을 들을
수 있는 거리에서 가능한 한 적당히 내 말에 귀기
울인다는 사실을 아는 것만으로… 어… 천국이나
다름없죠.[13] (사이) 하루가 이제 꽤 지나갔어요. (미
소 짓는다) 오래된 방식으로 말하자면. (미소 사라진
다) 그래도 아직 내 노래를 부르기에는 조금 이른
거 같아요. (사이) 아주 일찍 노래를 부르는 건 큰
실수라고, 난 생각해요. (가방 쪽으로 몸을 돌리며)
물론 가방이 있어요. (가방을 보며) 가방. (정면으로
몸을 돌린다) 내가 그 내용물들을 하나씩 늘어놓을
수 있을까요? (사이) 아니요. (사이) 내가, 어떤 너
그러운 사람이 나타나서, 그 커다란 검정색 가방
안에는 뭐가 들어 있어요, 위니? 하고 묻는다면,
하나도 빠짐없이 대답해줄 수 있을까요? (사이) 아
니요. (사이) 가장 깊은 곳은 더구나, 아무도 모르
죠 어떤 보물이 있을지. (사이) 어떤 위안거리가 있
을지. (몸을 돌려 가방을 보며) 그래요, 가방이 있어
요. (정면으로 몸을 돌린다) 하지만 뭔가 내게 말해
요, 가방을 지나치게 써먹지 마, 위니, 물론 그걸
이용해, 그것의 도움으로 네가… 나아갈 수 있게,
네가 꼼짝 못할 때, 어떻게든, 그렇지만 앞날을 생

각해, 뭔가 내게 말해요, 앞날을 생각해, 위니, 말
이 안 나올 날을—(눈을 감는다. 사이. 눈을 뜬다)—
그리고 가방을 지나치게 써먹지 마. (사이. 몸을 돌
려 가방을 본다) 아마 딱 한 번 잽싸게 넣었다 뺄 순
있겠죠. (정면으로 몸을 돌려서, 눈을 감고, 왼팔을 뻗
어, 가방에 손을 집어넣고 리볼버 권총을 꺼낸다. 몸서
리치며) 또 너! (눈을 뜨고, 총을 정면으로 가져와서 그
것을 주시한다. 손바닥 위에 그것을 올려놓고 무게를 가
늠한다) 이 물건의 무게 때문에 아래로 가라앉을 거
라고 당신은 생각하겠죠… 남은 탄환들하고. 하지
만 아니에요. 그건 그렇지 않아요. 언제나 맨 위에
있어요, 브라우닝[14]처럼. (사이) 브라우니… (윌리
쪽으로 몸을 약간 돌리며) 브라우니 기억나요, 윌리?
(사이) 그걸 당신한테서 치워달라고 당신이 나를
얼마나 귀찮게 했는지 기억나요? 그것 좀 치워줘,
위니, 그것 좀 치워줘, 스스로 내 고통에서 벗어나
기 전에. (정면으로 몸을 돌린다. 조롱하며) **당신**의 고
통! (총을 향해) 오 내 생각에는 네가 거기에 존재한
다는 걸 아는 게 위안이 될 거야, 그래도 네가 지긋
지긋해. (사이) 널 빼놓을 거야, 난 그럴 거야. (총
을 자신의 오른쪽 땅에 내려놓는다) 거기가, 이제부터

네가 있을 집이야. (미소 짓는다) 오래된 방식이야!
(미소 사라진다) 그럼 지금은? (긴 사이) 중력이 예
전 같아요, 윌리, 난 그렇지 않은데. (사이) 그래요,
점점 더 그런 기분이 들어요 내가 이렇게—(동작을
취한다)—끼여 있지 않았다면, 그저 창공으로 떠
올랐을 거예요. (사이) 그리고 아마 언젠가 땅이 못
이기고 나를 놓아줄 거예요, 끌어당기는 힘이 정
말 굉장하거든요, 그래요, 내 주변에 온통 균열을
내고 나를 꺼내줄 거예요. (사이) 당신은 느껴본 적
없어요, 윌리, 빨려 올라가는 기분? (사이) 때로는
붙잡고 있어야만 하지 않나요, 윌리? (사이. 윌리 쪽
으로 몸을 약간 돌린다) 윌리. (사이)

윌리 빨려 올라간다?

위니 그래요 여보, 창공 위로, 마치 거미줄처럼. (사이)
없어요? (사이) 느껴본 적 없어요? (사이) 아 괜찮
아요, 자연의 이치, 자연의 이치는, 내 생각에 다른
모든 것처럼, 전부 당신이란 존재에 달려 있는 거
예요. 내가 할 수 있는 말이라곤 나한테 그 이치가
예전 같지 않다는 거예요 내가 젊고… 어리석고…

(더듬거리는 목소리로, 고개를 숙인다) …아름답고…
아마… 사랑스러웠을 때와… 어떤 면에서… 겉보
기에는. (사이, 고개를 든다) 미안해요, 윌리, 자꾸
슬픔이 밀려오네요. (보통 목소리로) 아 괜찮아요
어쨌든 당신이 거기에 존재한다는 사실을 알고, 늘
그렇게, 그리고 어쩌면 당신이 깨어 있고, 그리고
어쩌면 이 말을 전부, 이 말을 조금이라도 듣는다
는 사실을 아는 게 얼마나 기쁜지 몰라요, 내게는
정말 행복한 날이에요… 그렇게 되겠어요. (사이)
지금까지는. (사이) 아무것도 자라지 않는다는 게
얼마나 축복인지, 상상해봐요 이게 전부 자라기 시
작한다고. (사이) 상상해봐요. (사이) 아 그래요, 위
대한 자비죠. (긴 사이) 더이상 말을 할 수 없어요.
(사이) 지금으로선. (사이. 몸을 돌려 가방을 본다. 정
면으로 몸을 돌린다. 미소 짓는다) 안 돼 안 돼. (미소
사라진다. 양산을 본다) 내 생각에 난—(양산을 집어
든다)—그래요, 내 생각에 난… 이제 이 물건을 들
어올릴 수 있을 것 같아요. (그것을 펼치기 시작한다.
이어지는 장면에서 작동의 어려움을 해결하려는 동작이
간간이 끼어든다) 우리는 아주 일찍—들어올릴까
두려워서—들어올리길—뒤로 미루죠—그럼 완

전히—하루가 흘러가요—전혀—들어올리지 못
한 채. (양산이 이제 활짝 펼쳐진다. 위니가 오른쪽으로
몸을 돌리고 그것을 무심하게 이리저리 돌린다) 아 그
래요, 할말은 너무 없고, 할일도 너무 없고, 그러다
어떤 날들에, 혼자… 남겨졌다는 사실을 알게 될
까 두려움은 너무 크고, 취침종이 울리기 전까지,
시간은 아직 남아 있는데, 할말은 더이상 없고, 할
일도 더이상 없고, 그렇게 완전히, 날들이 흘러가
고, 어떤 날들이 흘러가고, 종이 울리면, 한 말은
거의 혹은 전혀 없고, 한 일도 거의 혹은 전혀 없
죠. (양산을 들어올리며) 그건 위험한 일이에요. (정
면으로 몸을 돌리며) 조심해야 하는 일. (양산을 오른
손으로 들어올리고, 정면을 응시한다. 최대한 사이) 한
때는 땀이 줄줄 흐르곤 했는데. (사이) 이제는 전혀
흐르지 않아요. (사이) 열기는 훨씬 뜨거워졌는데.
(사이) 땀은 훨씬 줄었어요. (사이) 정말 놀랍다고
생각해요. (사이) 변화하는 환경에. (사이) 인간이
스스로 적응하는 방식이. (양산을 왼손으로 바꿔든
다. 긴 사이) 들고 있으면 팔이 힘들어요. (사이) 걸
을 때는 괜찮은데. (사이) 쉴 때만 그래요. (사이) 그
건 별난 관찰이에요. (사이) 당신이 그 말을 들었으

면 좋겠어요, 윌리, 당신이 그 말을 듣지 않았다고 생각하면 속상할 거예요. (양손으로 양산을 든다. 긴 사이) 그걸 들고 있으면, 난 힘들어요, 근데 그걸 내려놓을 수 없어요. (사이) 그걸 내리고 있는 것보다 그걸 들고 있는 게 더 불행한데, 그걸 내려놓을 수 없어요. (사이) 이성이 말해요, 그걸 내려놔, 위니, 그건 너한테 도움이 안 돼, 그 물건 내려놓고 다른 뭔가를 해봐. (사이) 난 할 수 없어요. (사이) 난 움직일 수 없어요. (사이) 안 돼요, 뭔가 벌어져야 해요, 세상에, 일어나야 해요, 어떤 변화가, 난 할 수 없어요, 만약 내가 다시 움직이길 바란다면. (사이) 윌리. (부드러운 목소리로) 도와줘요. (사이) 안 돼요? (사이) 나한테 이 물건을 내려놓으라고 명령해 줘요, 윌리, 바로 당신한테 순종할게요, 내가 항상 그러는 것처럼, 존경하고 순종할게요. (사이) 제발, 윌리. (부드러운 목소리로) 부디 제발. (사이) 안 돼요? (사이) 할 수 없어요? (사이) 뭐 당신을 탓하지 않아요, 아니요, 움직일 수 없는데, 내가 그래선 안 되죠, 나의 윌리가 말할 수 없다고 해서 그를 탓하다니. (사이) 다행히 혀가 다시 움직여요. (사이) 정말 놀랍다고 생각해요, 내 두 램프는, 하나가 꺼지

면 다른 하나가 더욱 밝게 빛나죠. (사이) 오 그래
요, 위대한 자비죠. (최대한 사이. 양산에 불이 난다.
연기가 피어오르고, 가능하다면 불길이 치솟는다. 위니
가 냄새를 맡고, 양산을 올려다보다가, 양산을 언덕 오
른쪽 뒤로 던지고, 몸을 뒤로 젖혀 그것이 타는 모습을
지켜본다. 사이) 아 땅 그대 오래된 소화기여. (정면
으로 몸을 돌린다) 전에 이게 일어났던 것 같아요,
그게 기억나지는 않지만. (사이) 기억나요, 윌리?
(윌리 쪽으로 몸을 약간 돌린다) 전에 이게 일어났던
것 기억나요? (사이. 몸을 뒤로 젖히고 윌리를 본다)
무슨 일이 일어났는지 알아요, 윌리? (사이) 다시
잠든 거예요? (사이) 난 일어난 모든 일을 당신이
아는지 묻는 게 아니에요, 그저 당신이 다시 잠든
게 아닌지 묻는 거예요. (사이) 당신 눈은 감은 듯
이 보이지만, 알다시피 그게 별 의미는 없잖아요.
(사이) 손가락 하나만 들어봐요, 여보, 제발요, 의
식이 완전히 없는 게 아니라면. (사이) 날 위해서
해봐요, 윌리 제발, 새끼손가락이라도, 아직 의식
이 있다면. (사이. 기쁜 목소리로) 오 다섯 손가락 모
두, 당신 정말 다정하네요 오늘, 이제 가벼운 마음
으로 계속할 수 있겠어요. (정면으로 몸을 돌린다)

그래요, 전에 일어나지 않았던 일이 일어난 거라고
해도… 난 궁금해요, 그래요, 고백하자면 난 궁금
해요. (사이) 태양이 훨씬 맹렬하게 내리쬐고, 시간
이 흐를수록 더 맹렬하게 타오르는데, 한 번도 불
이 난 적 없던 것들에 불이 나는 게, 말하자면 이렇
게, 저절로 일어난 듯 불이 나는 게 자연스럽지 않
나요? (사이) 결국에는 나 역시 녹거나, 불타지 않
을까요, 오 내 말은 반드시 불길이 확 치솟는다는
뜻이 아니에요, 아니에요, 그저 서서히 타다가 새
까만 잿더미로 변하는 거죠, 이 모든—(풍부한 팔
동작)—눈에 보이는 살덩이가. (사이) 반면에, 내가
한 번이라도 따뜻한 날을 겪어봤던가요? (사이) 아
니요. (사이) 나는 따뜻한 날과 뜨거운 날에 대해
말해요, 그것들은 텅 빈 말이에요. (사이) 나는 몸
이 아직—이렇게—붙들려 있지 않고 다리를 가지
고 다리로 걸었던 때, 그리고 햇살이 싫증날 때, 당
신처럼, 그늘진 장소를 찾을 수 있었고, 혹은 당신
처럼, 그늘이 싫증날 때 햇살이 드는 장소를 찾을
수 있었던 때에 대해 말해요, 그리고 그것들은 텅
빈 말이에요. (사이) 어제보다 오늘이 더 뜨겁지 않
고, 오늘보다 내일이 더 뜨겁지 않을 거예요, 어떻

게 그럴 수 있는지, 먼 과거를 돌아보고, 먼 미래를
내다봐도 계속 그렇게. (사이) 그리고 어느 날 땅에
내 가슴이 가려지면, 난 내 가슴을 전혀 보지 못하
고, 어느 누구도 내 가슴을 전혀 보지 못할 거예요.
(사이) 당신이 그 말을 듣고 뭔가 알아차렸으면 좋
겠어요, 윌리, 당신이 그 말을 전부 듣고 전혀 알아
차리지 못했다고 생각하면 서운할 거예요, 내가 매
일 이런 높이까지 올라와 있는 건 아니잖아요. (사
이) 그래요, 뭔가 일어났던 것 같아요, 뭔가 일어난
것 같았어요, 하지만 아무 일도 일어나지 않았어
요, 전혀 아무 일도, 당신이 완전히 옳아요, 윌리.
(사이) 양산은 내일 또 거기에 있을 거예요, 이 언
덕 위 내 옆에, 내가 하루를 버틸 수 있게 도와주려
고요. (사이. 거울을 들어올린다) 내가 이 작은 거울
을 들고서, 그걸 돌멩이 위에 내려치고―(그렇게
동작을 취한다)―그걸 멀리 던져도―(뒤쪽으로 던
진다)―그건 내일 또 가방에 들어 있을 거예요, 긁
힌 자국 하나 없이, 내가 하루를 버틸 수 있게 도와
주려고요. (사이) 그래요, 우리는 아무것도 할 수
없어요. (사이) 정말 놀랍다고 생각해요, 물건들의
방식이… (갈라지는 목소리로, 고개를 숙인다) …물

건들이… 정말 놀랍다고. (긴 사이. 고개를 숙인다.
마침내 가방 쪽으로, 고개는 여전히 숙인 채, 몸을 돌려
서, 정체를 알 수 없는 잡동사니를 꺼냈다가, 도로 쑤셔
넣고, 더 깊은 곳을 더듬거리다, 마침내 오르골을 꺼내
서, 태엽을 감아, 그것을 틀고, 잠시 동안 양손에 든 채
선율을 듣다가, 그 위로 웅크리고, 정면으로 몸을 돌려,
몸을 일으키고 나서 양손으로 오르골을 가슴께에 끌어
안고, 선율을 듣는다. 〈유쾌한 미망인〉 중 이중창의 왈
츠곡 "입술은 침묵하고"가 흘러나온다. 서서히 번지는
행복한 표정. 위니가 리듬에 맞춰 몸을 흔든다. 음악이
멈춘다. 사이. 윌리에게서 짧게 터져나오는 쉰 목소리의
무언가無言歌—오르골 선율. 점차 커지는 행복한 표정.
위니가 오르골을 내려놓는다) 오 오늘 행복한 날이
되겠어요! (박수를 친다) 한번 더, 윌리, 한번 더!
(박수를 친다) 앙코르, 윌리, 제발! (사이. 행복한 표
정 사라진다) 안 돼요? 날 위해서 해줄 수 없어요?
(사이) 뭐 정말 이해할 수 있어요, 정말 이해할 수
있어요. 단지 누군가를 기쁘게 하려고 노래할 수는
없죠, 아무리 그 사람을 사랑한다고 해도, 안 돼요,
노래는 마음속에서 우러나와야만 해요, 내가 항상
말하잖아요, 노래는 마음 깊은 곳에서 흘러나와야

만 한다고, 개똥지빠귀처럼. (사이) 난 불행할 때,
시도 때도 없이 말해요, 지금 노래해, 위니, 너의
노래를 해, 그것밖에 할 수 없어, 하지만 그러지 않
았어요. (사이) 그럴 수 없었어요. (사이) 안 돼요,
개똥지빠귀처럼, 혹은 새벽의 새[15]처럼, 이득은 생
각지 않고, 자기 자신을 위해 혹은 다른 누군가를
위해서는. (사이) 그럼 지금은? (긴 사이. 낮은 목소
리로) 이상한 기분이. (사이. 같은 목소리로) 누군가
나를 보는 것 같은 이상한 기분이 들어요. 나는 선
명하게 보이고, 그러다 흐릿해지고, 그러다 사라지
고, 그러다 다시 흐릿해지다가, 그러다 다시 선명
해져요, 누군가의 눈에 오락가락, 들락날락, 계속
그렇게. (사이. 같은 목소리로) 이상하다고? (사이.
같은 목소리로) 아니, 여기서는 모든 게 이상해. (사
이. 보통 목소리로) 뭔가 말해요, 그만 떠들어 이제,
위니, 잠깐, 하루의 모든 말을 낭비하지 마, 그만
떠들고 변화를 위해 뭔가를 해봐, 어때? (양손을 들
어 눈앞에 펼친다. 손을 향해) 뭔가를 해! (손을 오므
린다) 웬 발톱이야! (가방 쪽으로 몸을 돌리고, 그 안
을 뒤지다가, 마침내 손톱 가는 줄을 꺼내서, 정면으로
몸을 돌려 손톱을 정돈하기 시작한다. 잠시 동안 조용히

손톱을 정돈하다가, 이어지는 장면에서 손톱 정돈하는 동작이 간간이 끼어든다) 마음속에—떠올라요—쇼어—쇼어 씨와 아마도 쇼어 부인이—아니—두 사람은 손을 잡고 있어요—약혼자일 가능성이 그럼 더 크죠—아니면 그저 어떤—사랑하는 사람이거나. (손톱을 더 가까이 본다) 오늘 진짜 잘 부러지네. (손톱을 다시 정돈한다) 쇼어—쇼어—이름이 뭔가 말하나요—당신한테요, 윌리—어떤 현실을 일깨우느냐고요, 내 말은—당신한테요, 윌리—말하지 마요 그걸 말할—엄두가 나지 않으면—당신은 당신 몫보다—더 많은 일을 했어요—이미—쇼어—쇼어. (정돈한 손톱을 살펴본다) 좀 낫네. (고개를 들고, 정면을 응시한다) 점잖게 있어, 위니, 내가 항상 말하잖아, 어떤 어려움이 있어도, 점잖게 있어. (사이. 손톱을 다시 정돈한다) 그래요—쇼어—쇼어—(동작을 멈추고, 고개를 들고, 정면을 응시한다. 사이)—아니면 쿠커16, 어쩌면 쿠커일 수도 있어요. (윌리 쪽으로 몸을 약간 돌린다) 쿠커요, 윌리, 쿠커라고 들어본 적 있죠? (사이. 몸을 좀더 돌린다. 더 큰 목소리로) 쿠커요, 윌리, 쿠커라고 들어봤죠, 쿠커라는 이름? (사이. 몸을 뒤로 젖히고 윌리를 본다. 사이) 으 정말! (사이) 손수건 없어요, 당신?
(사이) 볼썽사납게 왜 그래요? (사이) 으, 윌리, 그
거 들이켜지 마요! 그거 어서 뱉어요, 여보, 그거
어서 뱉어요! (사이. 정면으로 몸을 돌린다) 아 괜찮
아요, 그것만이 자연스러운 거겠죠. (갈라지는 목소
리로) 인간적인. (사이. 같은 목소리로) 우리가 이제
뭘 할 수 있죠? (고개를 숙인다. 같은 목소리로) 하루
종일. (사이. 같은 목소리로) 매일매일. (사이. 고개를
든다. 미소 짓는다. 차분한 목소리로) 오래된 방식이
야! (미소 사라진다. 손톱을 다시 정돈한다) 아니, 그
건 했어. (다음 손톱으로 넘어간다) 안경을 썼어야 했
는데. (사이) 이제 너무 늦었어요. (왼손 정돈을 마치
고, 그것을 살펴본다) 좀 사람 같네. (오른손을 정돈하
기 시작한다. 이어지는 장면에서 앞과 같이 손톱 정돈하
는 동작이 간간이 끼어든다) 뭐 어쨌든―이 쇼어라
는 남자―혹은 쿠커―상관없어요―그리고 여자
가―손에 손을 잡고―다른 손에는 가방을―커다
란 갈색 여행가방 같은 걸 들고―거기 서서 입을
헤벌리고 날 봐요―그리고 마침내 이 쇼어라는 남
자가―혹은 쿠커가―어쨌든 이름이 어로 끝나
는―거기에 내 목숨을 걸어요―여자가 뭐하는 거

지? 하고 말해요—어쩔 셈이지? 그가 말해요—염
병할 땅에 젖까지 처박혀서—천박한 사람—뭘 의
미하는 거지? 그가 말해요—뭘 의미하려는 걸
까?—계속 그렇게—주절주절 지껄여요—일상적
인 헛소리를—내 말 들려? 그가 말해요—그래요,
그녀가 말해요, 하느님 절 도와주세요—당신 무슨
의미지? 그가 말해요, 하느님이 당신을 돕는다?
(동작을 멈추고, 고개를 들고, 정면을 응시한다) 그럼
당신은, 그녀가 말해요, 당신은 어쩔 셈이에요? 그
녀가 말해요, 당신은 도대체 뭘 의미하려는 거예
요? 당신은 아직도 판판한 두 발로 서 있어서, 똥만
그득한 통조림에 갈아입을 여벌 속옷으로 꽉꽉 채
운 당신의 오래된 잡낭을 들고, 나를 이 좆같은 광
야 여기저기로 끌고 다니는 거잖아, 천박한 인간,
적합한 짝이야—(갑자기 사나운 목소리로)—내 손
놓고 제발 떨어져, 그녀가 말해요, 떨어져! (사이.
손톱을 다시 정돈한다) 어째서 남자는 여자를 꺼내
주지 않는 거지? 그가 말해요—당신을 말하는 거
예요, 내 사랑—여자가 저 꼴인데 남자한테 뭔 소
용이지?—남자가 저 꼴인데 여자한테 뭔 소용이
지?—계속 그렇게—일상적인 허튼소리를—좋아

요! 그녀가 말해요, 부디 인정을 베풀어요—여자를 꺼내주자고, 그가 말해요, 여자를 꺼내주자고, 저 꼴이면 여자는 의미가 없지—여자를 어떻게 꺼내줘요? 그녀가 말해요—내가 맨손으로 여자를 꺼내줄 거야, 그가 말해요—틀림없이 남편과—부인이었을 거예요. (말없이 손톱을 정돈한다) 그러고 나서 그들은 떠나요—손에 손을 잡고—가방을 들고—흐릿해지다가—사라져요—이곳으로 길을 잘못 들어선—마지막 인류가. (오른손 정돈을 마치고, 그것을 살펴보다가, 손톱 가는 줄을 내려놓고, 정면을 응시한다) 이상한 게, 이런 순간에, 마음속에 떠올라요. (사이) 이상하다고? (사이) 아니, 여기서는 모든 게 이상해. (사이) 어쨌든 그것에 감사하게 생각해요. (갈라지는 목소리로) 더없이 감사하게. (고개를 숙인다. 사이. 고개를 든다. 차분한 목소리로) 고개를 내렸다 올렸다, 내렸다 올렸다, 항상 그래요. (사이) 그럼 지금은? (긴 사이. 물건들을 가방에 넣기 시작하고, 칫솔은 맨 마지막에 넣는다. 이 동작은, 지시대로 사이에 의해 중단되다가, 이어지는 장면에서 간간이 끼어든다) 아직은 좀—이른 것 같아요—밤을 준비하기에는—(동작을 멈추고, 고개를 들고, 미소 짓는

다)—오래된 방식이야!—(미소 사라지고, 정리를 다
시 시작한다)—그래도 난—밤을 준비해요—취침
종 울릴 시간이—가까워졌다는 걸 느끼고—혼잣
말을 하죠—위니—이제 얼마 안 남았어, 위니—
취침종 울릴 시간까지. (정리를 멈추고, 고개를 든다)
가끔씩 내가 틀리기도 해요. (미소 짓는다) 하지만
자주는 아니에요. (미소 사라진다) 가끔씩 모든 게
끝나도, 낮에, 모든 일을 다 하고, 모든 말을 다 하
고, 밤을 맞을 모든 준비를 다 해도, 낮은 끝나지
않고, 끝나려면 한참 멀었고, 밤은 준비되지 않고,
준비되려면 한참, 한참이나 멀었죠. (미소 짓는다)
하지만 자주는 아니에요. (미소 사라진다) 그래요,
취침종 울릴 시간이, 가까워졌다는 걸 느끼고, 그
래서 밤을 준비하면—(동작을 취한다)—이렇게,
가끔씩 내가 틀리기도 해요—(미소 짓는다)—하지
만 자주는 아니에요. (미소 사라진다. 정리를 다시 시
작한다) 나는 한때 생각하곤 했어요—나는 한때 생
각하곤 했다고 말해요—가방에 다시 넣은 것들
을—때가 너무 일렀다면—너무 일찍 다시 넣
은—이것들을 모두—필요하면—필요할 경우
에—다시 뺄 수 있다고—계속 그렇게—끝없

이―가방에 다시 넣고―가방에서 다시 빼는 거예요―종이―울릴 때까지. (정리를 멈추고, 고개를 들어, 미소 짓는다) 하지만 안 돼요. (번지는 미소) 안 돼요 안 돼요. (미소 사라진다. 정리를 다시 시작한다) 내 생각에 이건―이상하게 보일 것 같아요―이 것―뭐라고 말해야 하지―내가 말하는 이것―그 래요―(리볼버 권총을 집어든다)―이상하게―(몸을 돌려 가방에 총을 넣으려 한다)―그것만 아니면―(가방 안에 총을 막 넣으려는 순간, 동작을 멈추고 정면으로 몸을 돌린다)―그것만 아니면―(자신의 오른쪽에 총을 내려놓고, 정리를 멈추고, 고개를 든다)―모든 게 이상하게 보이는 것만 아니면. (사이) 더없이 이상하게. (사이) 어떤 변화도 없이. (사이) 점점 더 이상하게. (사이. 다시 언덕 쪽으로 몸을 숙여서, 마지막 물건, 즉 칫솔을 집어들고, 몸을 돌려 그것을 가방에 넣으려는 순간, 윌리의 어수선한 소리에 관심이 쏠린다. 위니가 몸을 뒤로 젖히고 오른쪽을 내려다본다. 사이) 구멍이 지겨워요, 여보? (사이) 뭐 이해할 수 있어요. (사이) 당신 밀짚모자 잊지 마요. (사이) 한때는 기어다니는 사람이었는데, 불쌍한 당신. (사이) 그래, 내가 마음을 줬던 당신은 기어다니는 사람이었는데. (사이) 손하고 무릎요, 여보, 손하고 무릎을 써요. (사이) 무릎! 무릎! (사이) 원 저주야, 이동성은! (위니의 언덕 뒤, 즉 막의 초반에 그가 있던 장소로 향해 가는 윌리를 눈으로 좇는다) 한 발 더, 윌리, 이제 집에 다 왔어요. (마지막 발걸음을 지켜보는 사이) 아! (정면으로 힘겹게 몸을 돌리고, 목을 문지른다) 당신에게 감탄하느라 목에 쥐가 났어요. (목을 문지르며) 하지만 그럴 만한 가치가 있어요, 충분히 그럴 만한 가치가 있어요. (윌리 쪽으로 몸을 살짝 돌리며) 내가 무슨 꿈을 꾸는지 알아요 가끔씩? (사이) 내가 꾸는 꿈이요 가끔씩, 윌리. (사이) 당신이 돌아나와서 내가 볼 수 있는 이쪽에서 사는 거예요. (사이. 정면으로 몸을 돌리며) 난 다른 여자가 되어 있고. (사이) 알아볼 수 없을 거예요. (윌리 쪽으로 몸을 살짝 돌리며) 아니면 그저 때때로, 그저 시시때때로 당신이 이쪽으로 돌아나와서 내가 당신을 보고 즐길 수 있게 해주는 거예요. (정면으로 몸을 돌린다) 하지만 당신은 할 수 없어요, 난 알아요. (고개를 숙인다) 난 알아요. (사이. 고개를 든다) 뭐 어쨌든―(손에 든 칫솔을 본다)―이제 얼마 안 남았어요―(칫솔을 본다)―종이 울릴 시간까지. (윌리의 뒤통수가 비탈 위로 나타난다. 위니가 칫솔을 더 가까이 본다) 완전히 보증된… (고개를 든다) …이게 뭐지 그거였는데? (윌리의 손이 손수건을 든 채 나타나, 그것을 두개골에 펼치고, 사라진다) 진짜 순수… 완전히 보증된… (윌리의 손이 밀짚모자를 든 채 나타나, 비스듬히, 그것을 머리에 씌우고, 사라진다) …진짜 순수… 아! 비육돈의 털. (사이) 비육돈이 정확히 뭐죠? (사이. 윌리 쪽으로 몸을 살짝 돌린다) 비육돈이 정확히 뭐죠, 윌리, 당신은 알잖아요, 난 기억할 수 없어요. (사이. 몸을 좀더 돌리고, 애원하는 목소리로) 비육돈이 **뭐죠**, 윌리, 제발! (사이)

윌리   도축용으로 사육하는. (위니의 얼굴에 행복한 표정 나타난다) 거세된 수퇘지.

(행복한 표정 점차 커진다. 윌리가 신문을 펼치고, 손은 보이지 않는다. 누런 신문지 양끝이 윌리의 머리 양쪽으로 펼쳐진다. 위니가 행복한 표정으로 앞을 응시한다)

위니   오 오늘은 행복한 날이에요! 오늘도 행복한 날이 되겠어요! (사이) 결국에는. (사이) 지금까지는.

(사이. 행복한 표정 사라진다. 윌리가 신문지를 넘긴다.
사이. 윌리가 또 신문지를 넘긴다. 사이)

윌리　영리한 청년 모집.

(사이. 위니가 모자를 벗고, 몸을 돌려 그것을 가방에 넣
으려다, 동작을 멈추고, 정면으로 몸을 돌린다. 미소 짓
는다)

위니　안 돼. (번지는 미소) 안 돼 안 돼. (미소 사라진다. 다
시 모자를 쓰고, 정면을 응시한다, 사이) 그럼 지금은?
(사이) 노래해. (사이) 너의 노래를 해, 위니. (사이)
안 돼? (사이) 그럼 기도해. (사이) 너의 기도를 해,
위니.

(사이. 윌리가 신문지를 넘긴다. 사이)

윌리　똑똑한 소년 구함.

(사이. 위니가 앞을 응시한다. 윌리가 신문지를 넘긴다.

사이. 신문 사라진다. 긴 사이)

위니   너의 오래된 기도를 해, 위니.

(긴 사이)

막

제2막

앞과 같은 무대.

　목까지 파묻힌 위니, 머리에 모자를 쓰고, 눈을 감고 있다.
위니가 더이상 돌리지도, 숙이지도, 들지도 못하는 머리는, 막
내내 아무 움직임 없이 정면을 향한다. 지시대로 움직이는 눈.

　앞과 같은 위치에 있는 가방과 양산. 위니의 언덕 오른쪽에
놓여 눈에 띄는 리볼버 권총.

　긴 사이.

　종이 크게 울린다. 위니가 단번에 눈을 뜬다. 종이 멈춘다.
위니가 정면을 응시한다. 긴 사이.

위니 복되다, 거룩한 빛이여.[17] (긴 사이. 눈을 감는다. 종이 크게 울린다. 단번에 눈을 뜬다. 종이 멈춘다. 정면을 응시한다. 길게 미소 짓는다. 미소 사라진다. 긴 사이) 누군가 나를 보고 있어요 아직도. (사이) 나를 돌보고 있어요 아직도. (사이) 정말 놀랍다고 생각해요. (사이) 내 눈을 보는 눈.[18] (사이) 그 잊을 수 없는 시구가 뭐더라? (사이. 오른쪽을 보며) 윌리. (사이. 더 큰 목소리로) 윌리. (사이. 정면을 보며) 우리가 아직 시간에 대해 말할 수 있겠죠? (사이) 이제 시간이 오래 지났어요, 윌리, 당신을 본 지도. (사이) 당신 목소리를 들은 지도. (사이) 우리가 말할 수 있겠죠? (사이) 우리는 말하잖아요. (미소 짓는다) 오래된 방식이야! (미소 사라진다) 우리가 할 수 있는 말이 너무 없어요. (사이) 우리는 그걸 모두 말하잖아요. (사이) 할 수 있는 모든 말을. (사이) 나는 한때 생각하곤 했어요… (사이) …나는 한때 생각하곤 했다고 말해요 혼자서 말하는 법을 배우게 될 거라고. (사이) 나 자신, 광야에 말하는 법을 말이에요. (미소 짓는다) 그런데 아니에요. (번지는 미소) 아니에요 아니에요. (미소 사라진다) 그러므로 당신은 거기에 존재해요.[19] (사이) 오 의심의 여지 없이 당신은 죽은 거예요, 다른 사람들처럼, 의심의 여지 없이 당신은 죽었거나, 나를 버리고 떠난 거예요, 다른 사람들처럼, 그래도 상관없어요, 당신은 거기에 존재해요. (사이. 왼쪽을 보며) 가방도 거기에 존재해요, 여느 때와 다름없이, 내 눈에 그게 보여요. (사이. 오른쪽을 보며. 더 큰 목소리로) 가방은 거기에 존재해요, 윌리, 여느 때와 변함없이, 당신이 나한테 줬던 거잖아요 그날… 장바구니로 쓰라고. (사이. 정면을 보며) 그날. (사이) 어떤 날? (사이) 나는 한때 기도하곤 했어요. (사이) 나는 한때 기도하곤 했다고 말해요. (사이) 그래요, 내가 그랬다는 걸 고백해야겠어요. (미소 짓는다) 지금은 아니에요. (번지는 미소) 아니에요 아니에요. (미소 사라진다. 사이) 한때… 지금… 정말 괴로워요 여기, 정신이. (사이) 나는 항상 지금의 나였어요―그런데 과거의 나와 너무나 달라졌어요. (사이) 나는 나예요, 나는 나라고 말해요, 게다가 다른 나예요. (사이) 나인가 하면, 다른 나이기도 하죠. (사이) 우리가 할 수 있는 말이 너무 없어요, 우리는 그걸 모두 말하잖아요. (사이) 할 수 있는 모든 말을. (사이) 그리고 거기에 진실은 어디에도 없어요. (사이) 내 팔. (사이) 내 가슴. (사이) 어떤 팔? (사이) 어떤 가슴? (사이) 윌리. (사이) 어떤 윌리? (갑자기 격렬하게 긍정하며) 나의 윌리! (오른쪽을 보고, 이름을 부르며) 윌리! (사이. 더 큰 목소리로) 윌리! (사이. 정면을 보며) 아 괜찮아요, 알지 못하는 게, 확실히 알지 못하는 게, 위대한 자비죠, 내가 바라는 전부예요. (사이) 아 그래요… 한때… 지금… 너도밤나무의 푸르름20… 이것… 찰리… 키스… 이것… 그것 모두가… 정신을 너무나 혼란스럽게 해요. (사이) 하지만 내 정신이 혼란스러운 건 아니에요. (미소 짓는다) 지금은 아니에요. (번지는 미소) 아니에요

아니에요. (미소 사라진다. 긴 사이. 눈을 감는다. 종이
크게 울린다. 눈을 뜬다. 사이) 눈이 떠올라요 평화롭
게 감은 듯… 평화롭게… 보고 있는. (사이) 내 눈
은 아니에요. (미소 짓는다) 지금은 아니에요. (번지
는 미소) 아니에요 아니에요. (미소 사라진다. 긴 사
이) 윌리. (사이) 지구가 제 대기를 잃었다고 생각
해요, 윌리? (사이) 그래요, 윌리? (사이) 생각이 없
어요? (사이) 뭐 당신답네요, 당신은 뭐든 생각이
전혀 없었잖아요. (사이) 이해할 수 있어요. (사이)
더없이. (사이) 둥근 지구. (사이) 난 가끔 궁금해
요. (사이) 아마 전부 다는 아닐 거예요. (사이) 항
상 뭔가가 남아요. (사이) 모든 것에서. (사이) 남은
뭔가. (사이) 만약 정신이 나간다면. (사이) 그렇지
않겠지만 물론. (사이) 완전히는 아니에요. (사이)
내 정신은 아니에요. (미소 짓는다) 지금은 아니에
요. (번지는 미소) 아니에요 아니에요. (미소 사라진
다. 긴 사이) 그건 영원한 추위일 거예요. (사이) 영
원히 지속되는 지독한 추위. (사이) 순전히 운이에
요, 내가 볼 때, 행운이요. (사이) 오 그래요, 위대
한 자비죠, 위대한 자비. (사이) 그럼 지금은? (긴
사이) 얼굴. (사이) 코. (눈을 사팔눈으로 내리뜬다)

나는 그걸 볼 수 있어요… (사팔눈으로 내리뜨며)
…코끝… 콧구멍… 생명의 숨결… 당신이 그토록
감탄하던 그 곡선 (입술을 내민다) …입술을 내밀
면… (다시 입술을 내민다) …입술의 음영… (혀를
내민다) …혀를 내밀면… 당신이 그토록 감탄하
던… 그것은 물론… (다시 그것을 내민다) …혀
끝… (눈을 치켜뜨며) …어렴풋하게 이마… 겉눈
썹… 아마 상상일 수도… (왼쪽을 보며) …볼은…
안 보여요… (오른쪽을 보며) …안 보여요… (볼을
부풀린다) …볼은 아무리 부풀려도… (왼쪽을 보며,
다시 볼을 부풀린다) …안 보여요… 안 보여요 다마
스쿠스 장밋빛[21]은. (정면을 보며) 그게 전부예요.
(사이) 가방은 물론… (왼쪽을 보며) …조금 흐릿하
게… 하지만 가방도. (정면을 본다. 통명스럽게) 땅
은 물론 하늘도. (오른쪽을 보며) 당신이 나한테 준
양산도… 그날… (사이) …그날… 그 호숫가…
그 갈대. (정면을 보며. 사이) 어떤 날? (사이) 어떤
갈대? (긴 사이. 눈을 감는다. 종이 크게 울린다. 눈을
뜬다. 사이. 오른쪽을 보며) 브라우니도 물론. (사이)
브라우니 기억나요, 윌리, 나는 그걸 볼 수 있어요.
(사이) 브라우니는 거기에 존재해요, 윌리, 내 옆

에. (사이. 큰 목소리로) 브라우니는 거기에 존재해요, 윌리. (사이. 정면을 보며) 그게 전부예요. (사이) 그것들 없이 내가 뭘 할 수 있을까요? (사이) 말이 안 나올 때, 그것들 없이 내가 뭘 할 수 있을까요? (사이) 입을 굳게 다물고, 앞을 응시하겠죠. (그렇게 동작을 취하는 동안 긴 사이) 난 할 수 없어요. (사이) 아 그래요, 위대한 자비죠, 위대한 자비. (긴 사이. 낮은 목소리로) 가끔 소리가 들려요. (경청하는 표정. 보통 목소리로) 하지만 자주는 아니에요. (사이) 그건 축복이에요, 소리는 축복이에요, 그게 나를 도와줘요… 하루를 버틸 수 있게. (미소 짓는다) 오래된 방식이야! (미소 사라진다) 그래요, 행복한 날이에요, 소리가 존재하는 날은. (사이) 소리가 들리는 날은. (사이) 나는 한때 생각하곤 했어요… (사이) …나는 한때 소리가 머릿속에 존재하는 게 아닌가 하고 생각하곤 했다고 말해요. (미소 짓는다) 하지만 아니에요. (번지는 미소) 아니에요 아니에요. (미소 사라진다) 그건 단순히 논리였어요. (사이) 이성. (사이) 난 이성을 잃지 않았어요. (사이) 아직은 아니에요. (사이) 전부는 아니에요. (사이) 뭔가 남아 있어요. (사이) 소리가. (사이) 약간… 흩어지고, 약

간 산산이… 허물어진 것처럼. (사이. 낮은 목소리
로) 그건 물건들이에요, 윌리. (사이. 보통 목소리로)
가방 안의, 가방 밖의. (사이) 아 그래요, 물건들은
저마다 생명이 있어요, 내가 항상 말하잖아요, **물건
들은 생명이 있어요.** (사이) 내 거울을 가져가요,
그건 나를 필요로 하지 않아요. (사이) 종소리. (사
이) 그건 고통을 줘요 마치 칼날처럼. (사이) 둥근
끝처럼. (사이) 그걸 무시할 수는 없어요. (사이) 얼
마나 시도 때도 없이… (사이) …얼마나 시도 때도
없이 내가 말했는지 나는 말해요, 그건 무시해, 위
니, 종소리는 무시해, 신경쓰지 마, 그냥 자고 깨
고, 자고 깨고, 네 마음대로, 눈을 감았다 떴다 해,
네 마음대로, 아니면 너한테 가장 도움되는 방식으
로. (사이) 눈을 감았다 떴다, 위니, 감았다 떴다
해, 항상 그렇게. (사이) 하지만 안 돼요. (미소 짓는
다) 지금은 안 돼요. (번지는 미소) 안 돼요 안 돼요.
(미소 사라진다. 사이) 뭐죠 이제는? (사이) 뭐죠 이
제는, 윌리? (긴 사이) 다른 모든 말이 안 나올 때,
물론 내 이야기가 있어요. (사이) 생명. (미소 짓는
다) 기나긴 생명. (미소 사라진다) 생명은 자궁에서
시작되곤 했고, 자궁에서 태어난, 밀드레드는 기억

해요. 밀드레드는 기억할 거예요. 자궁을, 죽기 전에, 엄마의 자궁을. (사이) 밀드레드는 벌써 네다섯 살이고 최근 커다란 밀랍인형을 선물 받았어요. (사이) 완전한 정장, 완벽한 복장. (사이) 구두, 양말, 속옷, 풀 세트, 프릴 달린 드레스, 장갑. (사이) 새하얀 레이스. (사이) 턱끈 달린 작은 흰색 밀짚모자. (사이) 진주 목걸이. (사이) 산책할 때 품에 끼고 다니는 실제 글씨로 전설 이야기가 적힌 작은 그림책. (사이) 감았다 떴다 하는 청자색 눈. (사이. 이야기를 하는 말투로) 해가 중천에 뜨지 않았을 때 밀리가 일어나서, 내려갔어요 가파른… (사이) … 잠옷을 걸치고, 혼자서 가파른 나무계단을, 뒤로 기어서 네 발로 내려갔어요, 그건 금지되어 있었지만, 들어가… (사이) 조용한 복도를 까치발로 걸어가, 아이 방에 들어가서 인형의 옷을 벗기기 시작했어요. (사이) 테이블 아래로 기어들어가 인형의 옷을 벗기기 시작했어요. (사이) 인형을 꾸짖는… 그 순간. (사이) 갑자기 쥐 한 마리가—(긴 사이) 천천히, 위니. (긴 사이. 이름을 부르며) 윌리! (사이. 더 큰 목소리로) 윌리! (사이. 가볍게 나무라며) 가끔 당신의 태도가 좀 이상하다는 생각이 들어요, 윌리,

지금껏 내내, 제멋대로 잔인하게 구는 건 당신답지 않아요. (사이) 이상하다고? (사이) 아니. (미소 짓는다) 여기서는 아니야. (번지는 미소) 지금은 아니야. (미소 사라진다) 하지만… (갑자기 불안해하며) 아무 문제 없길 빌어요. (오른쪽을 보며, 큰 목소리로) 별일 없죠, 여보? (사이. 정면을 본다. 혼잣말로) 하느님 부디 그가 머리부터 넣지 않았기를! (오른쪽을 보며, 큰 목소리로) 꼼짝 못하는 거 아니죠, 윌리? (사이. 같은 목소리로) 움직이지 못하는 거 아니죠, 윌리? (정면을 보고, 괴로워하며) 아마 지금껏 내내 도움을 구하려고 비명을 지르고 있을지 모르는데 그의 소리가 들리지 않아요! (사이) 비명소리가 물론 들려요. (사이) 하지만 그건 분명 내 머릿속에 존재하는 거예요. (사이) 혹시라도 그게… (사이. 단호하게) 아니에요 아니에요, 내 머릿속은 항상 비명소리로 가득했어요. (사이) 분명하지 않은 희미한 비명소리. (사이) 소리가 들려와요. (사이) 그리고 멀어져요. (사이) 마치 바람결을 따라서. (사이) 정말 놀랍다고 생각해요. (사이) 소리는 그쳐요. (사이) 아 그래요, 위대한 자비죠, 위대한 자비. (사이) 하루가 이제 꽤 지나갔어요. (미소 짓는다. 미소

사라진다) 그래도 아직 내 노래를 부르기에는 아마
도 좀 이른 것 같아요. (사이) 아주 일찍 노래를 부
르는 건 치명적이라고, 난 항상 생각해요. (사이)
반면에 그걸 아주 늦게까지 남겨둘 수 있어요. (사
이) 취침종이 울리면 우리는 노래를 부르지 않죠.
(사이) 온 하루가 날아가면─(미소 짓는다, 미소 사
라진다)─아주 완전히, 날아가면, 어떤 장르의, 유
형의 혹은 종류의 노래라도 안 돼요. (사이) 여기에
문제가 있어요. (사이) 노래를 부를 수 없어요… 갑
자기, 안 돼요. (사이) 뭔가 알 수 없는 이유로, 그
게 솟아나오려다가도, 때가 적절치 않으면, 우리가
그걸 꾹 억누르죠. (사이) 우리는 말해요, 지금이라
고, 지금이 아니면 절대 부르지 못한다고, 하지만
할 수 없어요. (사이) 그냥 노래를 부를 수 없어요.
(사이) 한 음절도. (사이) 우리가 이 얘기를 할 때,
윌리, 할말이 또 있어요. (사이) 노래를 부른 후에
오는 슬픔이요. (사이) 그걸 겪어본 적 있어요, 윌
리? (사이) 당신의 경험 중에서. (사이) 없어요? (사
이) 친밀한 성교 후에 오는 슬픔이야 물론 익숙하
죠. (사이) 당신이 거기에서 아리스토텔레스의 말22
에 동의할 거라고, 윌리, 난 생각해요. (사이) 그래

요, 그걸 우리는 알고 있고 대면할 준비가 되어 있
죠. (사이) 하지만 노래를 부른 후에는… (사이) 그
게 물론 지속되지는 않아요. (사이) 정말 놀랍다고
생각해요. (사이) 그건 닳아 없어져요. (사이) 그 절
묘한 시구가 뭐더라? (사이) 가세요 날 잊으세요
왜 뭐 해야 하죠 저 뭐 위로 그림자 드리우고… 가
세요 날 잊으세요… 왜 슬퍼해야 하죠… 밝게 웃
으며… 가세요 날 잊으세요… 절대 내게 귀기울이
지 말고… 즐겁게 웃으며… 밝게 노래하며…23
(사이. 한숨을 내쉬며) 우리는 자신의 고전을 잃기
마련이죠. (사이) 아 전부는 아니에요. (사이) 일부
는. (사이) 일부는 남아요. (사이) 정말 놀랍다고 생
각해요, 우리의 고전에서, 일부는 남아서, 하루를
버틸 수 있게 우리를 도와줘요. (사이) 오 그래요,
넘치는 자비죠, 넘치는 자비. (사이) 그럼 지금은?
(사이) 그럼 지금은요, 윌리? (긴 사이) 나는 마음의
눈에 떠올려요…24 쇼어—혹은 쿠커 씨를. (눈을
감는다. 종이 크게 울린다. 눈을 뜬다. 사이) 손에 손을
잡고, 다른 손에는 가방을 들고. (사이) 생전… 잘
나가던 시절에. (사이) 이제는 젊지도, 아직은 늙지
도 않은 모습으로. (사이) 거기 서서 입을 헤벌리고

나를 봐요. (사이) 못난 가슴은 아니었겠는데, 그가
말해요, 그때는. (사이) 저보다 못한 어깨도 봤는
걸, 그가 말해요, 나 때는. (사이) 다리에 감각은 있
을까? 그가 말해요. (사이) 다리가 살아는 있을까?
그가 말해요. (사이) 밑에는 뭐라도 입었을까? 그
가 말해요. (사이) 한번 물어봐, 그가 말해요, 난 소
심하잖아. (사이) 뭘 물어봐요? 그녀가 말해요. (사
이) 다리가 살아는 있느냐고. (사이) 밑에는 뭐라도
입었느냐고. (사이) 당신이 직접 물어봐요, 그녀가
말해요. (사이. 갑자기 사납게) 제발 날 놓고 떨어져!
(사이) 뭐지라고! (미소 짓는다) 하지만 안 돼요. (번
지는 미소) 안 돼요 안 돼요. (미소 사라진다) 내 눈에
그들이 멀어져요. (사이) 손에 손을 잡고—가방을
들고. (사이) 흐릿해지다가. (사이) 사라져요. (사
이) 지금껏. (사이) 이곳으로 길을 잘못 들어선—
마지막 인류가. (사이) 그럼 지금은? (사이. 낮은 목
소리로) 도와줘요. (사이. 같은 목소리로) 도와줘요,
윌리. (사이. 같은 목소리로) 안 돼요? (긴 사이. 이야
기를 하는 말투로) 갑자기 쥐 한 마리가… (사이) 갑
자기 쥐 한 마리가 아이의 작은 넓적다리 위로 뛰
어올라와서, 겁에 질린 밀드레드가 인형을 떨어뜨

리고, 비명을 지르기 시작했어요―(갑자기 새된 비
명을 지른다)―비명을 지르고 또 질렀어요―(두 번
비명을 지른다)―비명을 지르고 또 지르고 또 지르
고 또 질렀어요 모두 달려올 때까지, 잠옷 바람으
로, 아빠, 엄마, 비비 그리고… 늙은 애니가, 무슨
일이 생긴 건지… (사이) …대체 무슨 일이 생길
수 있는 건지 보려고요. (사이) 너무 늦었어요. (사
이) 너무 늦었어요. (긴 사이. 간신히 들리게) 윌리.
(사이. 보통 목소리로) 아 괜찮아, 이제 얼마 안 남았
어, 위니, 이제 얼마 안 가서, 취침종이 울릴 거야.
(사이) 그러면 넌 눈을 감을 수 있고, 그러면 넌 **반
드시** 눈을 감아야 하고―그리고 그것을 감고 있어
야 해. (사이) 왜 그 말을 또 하는 거지? (사이) 나는
한때 생각하곤 했어요… (사이) …나는 한때 한순
간과 다음 순간 사이에 어떤 차이도 없다고 생각하
곤 했다고 말해요. (사이) 나는 한때 말하곤 했어
요… (사이) …나는 한때 말하곤 했다고 말해요,
위니, 너는 달라지지 않아, 한순간과 다음 순간 사
이에 결코 아무런 차이가 없으니까. (사이) 왜 그
말을 또 꺼내는 거지? (사이) 우리가 꺼낼 수 있는
말이 너무 없어요, 우리는 모두 꺼내잖아요. (사이)

꺼낼 수 있는 모든 말을. (사이) 목이 아파요. (사이.
갑자기 사납게) 목이 아파요! (사이) 아 한결 좋네.
(가볍게 짜증내며) 모든 것을 이성적으로. (긴 사이)
나는 더이상 할 수 없어요. (사이) 더이상 말할 수
없어요. (사이) 하지만 더 말해야만 해요. (사이) 여
기의 문제. (사이) 안 돼요, 뭔가 움직여야 해요, 세
상에서, 나는 더이상 할 수 없어요. (사이) 서풍.
(사이) 숨결. (사이) 그 불후의 시구가 뭐더라? (사
이) 그건 영원한 어둠일 거예요. (사이) 이제와 항
상 영원히 어두운 밤. (사이) 순전히 운이에요, 내
가 볼 때, 행운이요. (사이) 오 그래요, 풍성한 자비
죠. (긴 사이) 그럼 지금은? (사이) 그럼 지금은요,
윌리? (긴 사이) 그날. (사이) 장밋빛 샴페인. (사이)
길쭉한 샴페인 잔. (사이) 떠난 마지막 손님. (사이)
가득 채워진 마지막 술잔 그리고 거의 닿을 듯 기
댄 몸. (사이) 그 시선. (긴 사이) 어떤 날? (긴 사이)
어떤 시선? (긴 사이) 비명소리가 들려요. (사이) 노
래해. (사이) 너의 오래된 노래를 해, 위니. (긴 사
이. 갑자기 귀기울이는 표정. 오른쪽을 본다. 윌리의 머
리가 위니의 언덕 오른쪽 모퉁이를 돌아서 나타난다. 윌
리는 네발로 서 있고, 죽여주는 옷차림이다─실크해트

에 모닝코트와 줄무늬 바지 등을 입고, 손에 흰 장갑을 꼈다. 브리튼전투 당시 영국군처럼 아주 길고 풍성한 흰 콧수염. 윌리가 동작을 멈추고, 정면을 응시한 채, 콧수염을 매만진다. 윌리가 언덕 뒤에서 완전히 모습을 드러내고, 자신의 왼쪽으로 돌아서, 동작을 멈추고, 위니를 올려다본다. 윌리가 꼭대기를 향해 네발로 기어오르다가, 동작을 멈추고, 고개를 돌려서, 정면을 응시한 채, 콧수염을 쓰다듬고, 넥타이를 반듯이 펴고, 모자를 고쳐 쓰고 나서, 좀더 기어오르다가, 동작을 멈추고, 모자를 벗어서 위니를 올려다본다. 윌리는 이제 꼭대기에서 멀지 않은 곳에서 위니의 시야에 들어온다. 계속 올려다보는 것이 힘에 부친 윌리가 고개를 땅에 떨군다)

위니 (고상하게) 어쩜 이건 뜻밖의 기쁨이에요! (사이) 당신이 내게 손을 청하며 우는소리를 했던 날이 떠오르네요. (사이) 당신을 사모해, 위니, 내 아내가 되어줘. (윌리가 올려다본다) 윈 없는 삶은 조롱거리에 불과하지. (위니가 킬킬거린다) 옷이 그게 뭐예요, 꼴이 정말 가관이에요! (킬킬거린다) 오늘 웃고 있는. (사이) 꽃들은 어디 있나요?[25] (윌리가 고개를 떨군다) 목에 그건 뭐예요, 탄저병? (사이) 그거 조

심해야 돼요, 윌리, 그게 몸에 퍼지기 전에. (사이)
지금껏 내내 어디에 있었어요? (사이) 지금껏 내내
뭐하고 있었어요? (사이) 옷 갈아입었어요? (사이)
내가 지르는 비명소리 못 들었어요? (사이) 구멍
에서 꼼짝 못했어요? (사이. 윌리가 올려다본다) 그
래요, 윌리, 날 봐요. (사이) 당신의 오래된 눈으로
보고 즐겨요, 윌리. (사이) 뭔가 남아 있나요? (사
이) 남은 뭔가? (사이) 없어요? (사이) 난 그걸 가꿀
수 없었어요, 당신도 알다시피. (윌리가 고개를 떨군
다) 당신은 아직도 알아볼 수 있겠어요, 어떤 면에
서. (사이) 이제 이쪽에 와서 살 생각인 거죠… 잠
시나마? (사이) 아니에요? (사이) 잠깐 들른 것뿐이
에요? (사이) 귀먹었어요, 윌리? (사이) 말 못해요?
(사이) 오 알아요 당신은 말하기 좋아하는 사람이
전혀 아니었죠, 당신을 사모해 위니 내 아내가 되
어줘 그리고 그날 이후로 아무 말 없었죠 레이놀
즈 뉴스의 토막 기사 말고는. (정면을 본다. 사이) 아
괜찮아요, 무슨 상관이에요, 내가 항상 말하잖아
요, 오늘 행복한 날이 되겠어요, 결국에는, 또 행복
한 날. (사이) 이제 얼마 안 남았어, 위니. (사이) 비
명소리가 들려요. (사이) 비명소리를 들어본 적 있

어요, 윌리? (사이) 없어요? (다시 윌리를 본다) 윌
리. (사이) 다시 날 봐요, 윌리. (사이) 한번 더, 윌
리. (윌리가 올려다본다. 행복해하며) 아! (사이. 경악
하며) 무슨 일이에요, 윌리, 그런 표정은 전혀 본 적
이 없어요! (사이) 모자를 써요, 여보, 태양이 있잖
아요, 점잔 뺄 것 없어요, 상관하지 않을게요. (윌
리가 모자와 장갑을 떨어뜨리고 위니 쪽으로 언덕을 기
어오르기 시작한다. 들뜬 목소리로) 오 세상에, 끝내
주네요! (한 손은 언덕에 매달리고, 남은 한 손은 위로
뻗은 채, 윌리가 동작을 멈춘다) 어서요, 여보, 거기에
정력을 좀 쏟아봐요, 내가 응원할게요. (사이) 나를
노리는 건가요, 윌리… 아니면 다른 뭔가요? (사
이) 내 얼굴을 만지려는 건가요… 다시? (사이) 키
스를 노리는 건가요, 윌리… 아니면 다른 뭔가요?
(사이) 내가 당신한테 손을 내밀 수 있었을 시절이
있었죠. (사이) 그리고 그전에 또 내가 당신한테 손
을 내밀었던 시절이 있었어요. (사이) 당신은 항상
손을 절실히 필요로 했어요, 윌리. (윌리가 언덕 아
래로 미끄러져 땅에 엎어진다) 데구루루! (사이. 윌리
가 손과 무릎으로 땅을 짚고 일어나서, 위니를 올려다본
다) 다시 해봐요, 윌리, 내가 응원할게요. (사이) 그

런 눈으로 쳐다보지 마요! (사이. 격렬하게) 그런 눈
으로 쳐다보지 말라고! (사이. 낮은 목소리로) 정신
나갔어요, 윌리? (사이. 같은 목소리로) 당신의 불쌍
한 오래된 이성을 잃은 거예요, 윌리?

(사이)

윌리   (간신히 들리게) 윈.

(사이. 위니가 정면을 본다. 행복한 표정 나타나고, 점차
커진다)

위니   윈! (사이) 오 오늘은 행복한 날이에요. 오늘도 행복
한 날이 되겠어요! (사이) 결국에는. (사이) 지금까
지는.

(사이. 위니가 머뭇거리며 노래의 도입부를 흥얼거리
다, 부드럽게 노래한다, 오르골 선율)

입술은 침묵하고,
바이올린은 속삭이네,

나를 사랑해주오!

모든 스텝마다

말하네 부디,

나를 사랑해주오!

모든 손길마다

분명히 알려주네,

명백히 말해주네,

그게 진실이라고, 그게 진실이라고

그대 나를 사랑한다고!

(사이. 행복한 표정 사라진다. 위니가 눈을 감는다. 종이
크게 울린다. 눈을 뜬다. 정면을 응시하고, 미소 짓는다.
위니가 미소 지은 채, 눈을 돌려서, 여전히 손과 무릎으
로 땅을 짚고 위니를 올려다보는 윌리를 본다. 미소 사
라진다. 서로를 마주본다. 긴 사이)

막

옮긴이주

1. trompe-l'œil. '눈속임'이라는 뜻. 시각적 착각을 불러일으
   킬 만큼 매우 사실적인 그림을 가리킨다.

2. 가슴과 허리 둘레에 꼭 맞게 입는 드레스의 상체 부분.

3. 셰익스피어, 『햄릿Hamlet』 제3막 1장. "O, woe is me, / To
   have seen what I have seen, see what I see!" 이하 인용
   된 작품은 『베케트와 앨런 슈나이더의 서한』(No Author Bet-
   ter Served: The Correspondence of Samuel Beckett and Alan
   Schneider, ed. Maurice Harmon, Harvard University Press,
   1998)과 『해피 데이스 영불판』(Happy Days Oh les beaux
   jours: A Bilingual Edition with an Afterword and Notes by
   James Knowlson, Faber and Faber, 1978)을 참조한 것이다.

4. 존 밀턴, 『실낙원Paradise Lost』 제10편. "O fleeting joyes / Of
   Paradise, deare bought with lasting woes!"

5.   셰익스피어, 『로미오와 줄리엣Romeo and Juliet』 제5막 3장, "beauty's ensign yet/Is crimson in thy lips and in thy cheeks,/And death's pale flag is not advanced there."

6.   원문 'horse-beech'는 'horse-chestnut'(말밤나무)와 'beech'(너도밤나무)의 합성어다.

7.   셰익스피어, 『햄릿』 제1막 2장. "O, that this too solid flesh would melt/Thaw and resolve itself into a dew!"

8.   베케트는 이것을 고대 그리스의 '웃는 철학자' 데모크리토스를 폭소하게 만들었다고 알려진, 존재에 대한 농담이라고 언급한다. 데모크리토스의 "무無보다 현실적인 것은 없다"라는 말은 베케트의 작품 세계에 큰 영향을 미쳤다. 『베케트와 앨런 슈나이더의 서한』, 103면.

9.   단테의 『신곡La Divina Commedia』 연옥편 24곡에 등장하는 "dolce stil nuovo"(sweet new style)를 참고한 것.

10. 셰익스피어, 『심벨린Cymbeline』 제4막 2장. "Fear no more the heat o' the sun,/Nor the furious winter's rages:"

11. 원문 'formication'은 개미가 피부 위로 떼지어 기는 듯한 이상감각을 의미한다. 베케트에 따르면 개미알은 "앞으로 도래할 (계걸스러운) 개미들"을 암시하고, 제2막에서 더이상 자신을 방어할 수 없는 위니에게 즉각적인 죽음의 공포를 야기한다. 아이러니하게도 개미알은 끝없이 반복되는 생의 가능성을 암시한다는 점에서 위니에게 또다른 공포를 불러일으킨다. 위의 책.

12. 토머스 그레이, 「멀리 이튼 칼리지를 바라보며 쓴 송시Ode on a Distant Prospect of Eton College」. "and moody madness

laughing wild / Amid severest woe.”

13. E. 피츠제럴드 역, 오마르 카이얌, 『루바이야트*The Rubaiyat*』. “A Book of Verses underneath the Bough, / A Jug of Wine, A Loaf of Bread — and Thou / Beside me singing in the Wilderness — / Oh, Wilderness were Paradise enow!”

14. 로버트 브라우닝, 「파라켈수스*Paracelsus*」. “I say confusedly what comes uppermost ; / But there are times when patience proves a fault, / As now : this morning's strange encounter — you / Beside me once again!”

15. 셰익스피어, 『햄릿』 제1막 1장. “Some say that ever 'gainst that season comes / Wherein our Saviour's birth is celebrated, / The bird of dawning singeth all night long ;”

16. 의미를 알고 싶어하는 '구경꾼'을 상징하는 '쇼어'와 '쿠커'는 '보다'를 의미하는 독일어 동사 '샤우엔schauen'과 '구켄gucken'을 참고한 것이다. 위의 책, 95면.

17. 존 밀턴, 『실낙원』 제3편. “Hail, holy Light, offspring of Heaven first-born.”

18. 조지 고든 바이런, 「차일드 해럴드의 순례*Childe Harold's Pilgrimage*」. “A thousand hearts beat happily ; and when / Music arose with its voluptuous swell, / Soft eyes look'd love to eyes which spake again, / And all went merry as a marriage bell.”

19. 데카르트의 명제 “나는 생각한다 그러므로 존재한다.” 데카르트는 진리를 탐구하기 위한 방법으로서 회의懷疑를 통해 세상을 사유하고 신의 존재를 규명하고자 했다.

20. 존 키츠, 「나이팅게일에게 바치는 송가Ode to a Nightingale」. "In some melodious plot/Of beechen green, and shadows numberless(⋯)/Where but to think is to be full of sorrow"

21. 셰익스피어, 『열이틀째 밤Twelfth Night』, 제2막 4장. "she never told her love,/But let concealment, like a worm i' the bud,/Feed on her damask cheek."

22. "모든 동물은 성교 후에 우울하다." 고대 그리스 철학자이자 의학자인 갈레노스의 말이지만 흔히 아리스토텔레스의 말로 여겨진다. 『해피 데이스 영불판』, 144면.

23. 찰스 울프, 「가세요, 날 잊으세요Go, Forget Me」. "Go, forget me—why should sorrow/O'er that brow a shadow fling?/Go, forget me—and tomorrow/Brightly smile and sweetly sing."

24. W. B. 예이츠, 「매의 우물에서At the Hawk's Well」. "I call to the eye of the mind/A well long choked up and dry"

25. 로버트 헤릭, 「처녀들이여, 시간을 잘 활용하기를To the Virgins to make much of Time」. "Gather ye rosebuds while ye may/Old Time is still aflying/And this same flower that smiles today/Tomorrow will be dying."

해설

존재와 관계라는 허상[1]

"아! 말할 수 없는 행복의 그 아름다웠던 나날들."
폴 베를렌, 「정념의 대화」[2]

한 편의 시로 이야기를 시작해보자. 베를렌의 시 「정념의 대화」에서는 생기를 잃은 "두 유령"이 깜깜한 밤, 인적 없는 오래된 공원을 걸어가며 지난날을 회상한다. 기억을 더듬어 과거의 희열을 돌이켜보려는 시도는 그러나, 간신히 들리는 그들의 엇갈린 목소리처럼 아득한 울림만 남길 뿐이다. 베케트의 희곡 『해피 데이스』는 흘러가는 시간 속에 변해가는 존재와 관계를 보여준다는 점에서 베를렌의 시와 맞닿아 있다. 베케트가 프랑스어로

---

1. 이 글은 옮긴이의 논문 「텍스트의 무의식과 베케트의 자기번역—희곡 *Happy Days*와 *Oh les beaux jours*를 중심으로」(『한국프랑스학논집』, 제105집, 2019)와 「베케트의 희곡 『행복한 날들』 재번역을 위한 번역비평 시론」(『프랑스문화예술연구』, 제71집, 2020)을 바탕으로 재작성한 것이다.

2. Paul Verlaine, "Colloque sentimental" in *Fêtes Galantes*, Alphonse Lemerre, 1869; 폴 베를렌, 『예지』, 곽광수 역, 민음사, 2003(c1975).

다시 쓴 희곡의 제목을 베를렌의 시구에서 인용한 것도 그러한
이유였을 것이다.

"오직 한 여성을 생각했다."

베케트는 1960년 10월 희곡 『해피 데이스』를 집필하기 시작
했다.[3] 그리고 이듬해인 1961년에 영어로 출간하고, 1963년에
미뉘 출판사에서 "Oh les beaux jours"(오 아름다운 날들)이라
는 제목으로 다시 프랑스어로 발표했다. 2막으로 구성된 희곡의
무대에는 '최대한 단순하고 대칭적인' 낮은 언덕이 솟아 있고,
언덕 한가운데에 등장인물 위니가 허리 위까지 땅에 묻혀 있다.
위니는 자신의 가방에 든 물건들을 가지고 하루를 보내면서, 언
덕 뒤에 가려져 있는 윌리에게 쉴새없이 말을 건다. 그러나 윌리
의 침묵 속에서 무대에는 위니의 목소리만 공허하게 울린다. 나
이든 커플 위니와 윌리가 등장하지만 연극은 영원이라는 시간
과 불모의 공간이 펼쳐지는 무대에서 위니의 백일몽처럼 전개
된다. 베케트는 1962년 영국에서 연극이 공연될 당시, 위니 역
을 맡은 배우 브렌다 브루스에게 자신의 연출 의도를 다음과 같

---

3.   베케트는 1960년 10월 8일 자신의 하드커버 노트에 "희곡. 여성 솔로 8. 10.
60 위시Ussy"라고 적고 『해피 데이스』 집필을 시작했다. 희곡은 1961년 5월 탈고
되었다. James Knowlson, *Damned to Fame: The Life of Samuel Beckett*, Grove
Press, 1996, pp.425, 433.

이 밝힌 바 있다.

> "나는 누구에게나 일어날 수 있는 가장 끔찍한 일이란 잠이
> 허락되지 않는 상황일 수 있다고 생각했습니다. 그래서 문득
> 잠이 들면 바로 '땡' 하고 울리는 종소리에 당신이 깨어나게
> 되는 겁니다. 당신은 땅에 산 채로 잠기고 있고 거기에는 개
> 미들이 들끓어요. 그리고 태양이 밤낮 하염없이 내리비추는
> 데 나무는 한 그루도 없죠…… 그림자도 없고, 아무것도 없어
> 요. 그리고 종소리는 줄곧 당신을 깨우고 당신이 가진 것이라
> 곤 평생을 두고 당신을 보여주는 약간의 물건 꾸러미가 전부
> 인 겁니다. (…) 나는 그것을 감당하면서 노래 부르며 가라앉
> 을 수 있는 사람, 오직 한 여성을 생각했습니다."[4]

태양이 "하염없이 내리비추는" 곳에서 "잠이 들면 바로 '땡' 하
고 울리는 종소리"에 위니는 깨어나야 한다. 더구나 몸이 서서히
땅속으로 가라앉는 최악의 상황에서 위니는 "행복한 날이 될" 것
이라고 외치기까지 한다. 여기서 한 가지 의문이 생긴다. 베케트
는 왜 "한 여성"을 생각한 것일까? 행복과 명랑함의 상관성을 주
장했던 쇼펜하우어의 영향이었을까? 물론, 과거와 미래까지 '이
성적으로' 헤아릴 줄 아는 남성과 '이성이 미약하여' 눈앞에 놓
인 현재에 집착하는 여성을 구분했던 쇼펜하우어가 말한 '여성

---

4.   Interview with Brenda Bruce, 7 April 1994 in *ibid*., p.447. 인용자 역.

특유의 명랑함'이 긍정적이지만은 않다. 하지만 베케트의 초기 작품은 어떠했던가. 여성을 부정적으로 묘사하곤 하지 않았던가. 다만 그러한 여성 묘사가 여성성에 대한 고정관념을 보여주는가 하면 그 고정관념을 기이하게 비틀기도 했다는 점[5]에서 판단은 유보된다. 어떤 시각으로 바라보건 『해피 데이스』는 베케트의 작품 속에서 남성의 욕망과 공포의 시선으로 그로테스크하게 묘사되곤 했던 여성이 처음으로 중심인물로 등장하고, 여성과 남성을 몸과 정신으로 간주하던 기존의 관계를 전복시킨다는 점에서 의의가 있다. 그렇다고 『해피 데이스』를 '여성의 이야기'로만 한정지을 수 없는 이유는 베케트의 후기 작품이 점차 이분법에서 벗어나 인물들의 성이 모호해지는 방향으로 완성된다는 점에 있다.[6] 베케트는 여성의 목소리를 빌렸을 뿐 그가 부르고자 한 것은 한 인간의 노래였다.

베케트의 둥근 연옥

세계는 선과 악, 질서와 무질서의 구분이 분명하지 않다. 가령

---

5. Susan Brienza, "Clods, Whores, and Bitches Misogyny in Beckett's Early Fiction" in Linda Ben-Zvi, *Women in Beckett: Performance and Critical Perspectives*, University of Illinois Press, 1992, p.91.

6. Shane Weller, *Beckett, Literature, and the Ethics of Alterity*, Palgrave Macmillan, 2006, pp.188~191.

빛이 질서와 충만, 생명의 긍정적 이미지를 가지고, 빛의 부재를
의미하는 어둠이 혼돈과 공허, 죽음의 부정적 이미지를 가진다
하더라도, 세계는 빛과 어둠이 만들어내는 무수한 색채와 이미
지로 이루어져 있다. 위니의 세계는 그 조화가 일그러진 디스토
피아라 할 수 있다. 어둠이 없는 세계에서 빛은 위니에게 고통을
주는 "지옥 같은 눈부신 빛"이기도 하지만 아이러니하게도 세상
을 볼 수 있게 해준다는 점에서 "거룩한 빛"이기도 하다. 드리우
는 그림자조차 없이 강렬한 태양만이 내리쬐는 위니의 세계는,
십자가에 못 박힌 두 도둑[7]처럼 막연히 구원 또는 저주를 기다
리는 베케트의 인물을, 그리고 베케트의 가장 전형적인 세계관
을 드러낸다.

(천정을 응시하며) 또 천국 같은 날이야. (사이. 고개를 원위치로
내리고, 정면을 본다. 사이. 가슴께에서 양손을 맞잡고, 눈을 감는
다. 입술을 움직이지만 기도 소리 들리지 않고, 10초간 지속한다.
입술을 멈춘다. 양손은 계속 맞잡고 있다. 낮은 목소리로) 예수 그
리스도를 위하여 아멘. (눈을 뜨고, 양손을 풀어, 언덕에 내려놓
는다. 사이. 가슴께에서 다시 양손을 맞잡고, 눈을 감고, 다시 입술
을 움직이지만 기도 소리 들리지 않고, 5초간 지속한다. 낮은 목소

---

7. 희곡 『고도를 기다리며』에서 블라디미르와 에스트라공이 나누던 두 도둑의 이
야기는 '임의적인 구원'을 뜻하는 아우구스티누스의 다음 구절을 암시한다. "절망
하지 마라: 도둑들 중 한 사람은 구원받았다. 넘겨짚지 마라: 도둑들 중 한 사람은
저주받았다." S. E. Gontarski, *Beckett's Happy Days: A Manuscript Study*, Ohio
State University Press, 1977, p.59.

리로) 이제와 항상 영원히 아멘. (눈을 뜨고, 양손을 풀어, 언덕
에 내려놓는다. 사이) 시작해, 위니. (사이) 너의 하루를 시작해,
위니.

위니의 세계는 둥글다. 막이 오르고 위니가 올려다보는 "천정
天頂"은 위니가 있는 곳이 구형球形의 장소임을 보여준다. 천정
은 위니가 관측하는 위치에서 연직선으로 천구天球와 교차되는
지점을 가리킨다. 위니가 붙들려 있는 언덕이나 위니의 가슴, 윌
리의 머리와 왕방울만한 눈, 돌려서 여닫는 치약 튜브, 개미알
등은 천구에 둘러싸인 위니의 "둥근 지구"를 상기시킨다. 천정
zenith은 '도로, 길'을 의미하는 아랍어 'samt'의 영향을 받은 중
세 라틴어 'cenit, senit'에서 유래한다.[8] 위니가 올려다보는 저
'머리 위에 놓인 길'은 위니가 말하는 천국이 아닌 천구와 맞닿
아 있고, 몸이 땅에 묶여 있는 위니는 그마저도 갈 수 없다.

위니의 모습은 단테의 『신곡』에서 지옥 망령들의 모습을 연
상시킨다. 이를테면 이단의 지옥에서 몸을 일으켜세워 무덤에
서 허리까지 보이는 '파리나타'나 탐욕의 지옥에서 제 운명의 힘
을 이기지 못하고 사팔눈으로 진창에 빠지는 '차코'—'돼지'나
'거세된 수퇘지'를 가리키는 경멸적 의미의 별명—가 겹쳐지기
도 한다. 그러나 베케트는 불이 꺼지지 않는 단테의 지옥 이미지

8. *The Oxford Dictionary of English Ethymology*, ed. C. T. Onions, Oxford
University Press, 1966, p.1022.

를 차용하면서도 위니의 세상을 천국에 오르지 못한 영혼이 고통받으며 불로 달궈지는 감옥, 즉 연옥으로 옮겨놓는다. 그것은 정확히 말하면 베케트가 「단테··· 브루노. 비코·· 조이스」에서 묘사했던 바로 저 조이스의 둥근 연옥이다.

단테의 '연옥'은 원뿔형이어서 그곳에는 꼭짓점이 있다. 조이스의 '연옥'은 둥근 형태여서 꼭짓점이 없다. 전자는 현실의 녹지대, 곧 '연옥 이전의 지대'에서 이상적 녹지대, 곧 '지상낙원'으로 올라가는데, 후자는 오르막이나 이상적 녹지대가 없다. 전자는 절대적인 전진과 확실한 성취가 있는데, 후자는 유동, 곧 전진이나 후퇴밖에 없으며 외면적인 성취밖에 없다. 전자는 움직임에 분명한 방향이 있어서 한 걸음 나아가면 실제로 전진을 나타내는데, 후자의 움직임은 방향이 없거나 여럿이어서 한 걸음 나아감은 그 자체로 한 걸음 물러나는 일이 되기도 한다. (···) 그러면 어떤 의미에서 조이스의 작품을 연옥적이라 할 수 있는가. 그것에는 '절대자'가 절대적으로 빠져 있기 때문이다. '지옥'은 구제와 상관없는 악의 생명 없는 정적인 상태이다. '천국'은 구제와 상관없는 순결의 생명 없는 정적인 상태이다. '연옥'은 이 두 요소의 이음을 통해 해석된 움직임과 살아 움직이는 힘의 격류이다. 인류의 악순환이 되풀이된다는 뜻에서, 끊임없는 연속적 변화가 일어난다.[9]

"살아 움직이는 힘의 격류"가 나타나는 연옥의 라틴어 어원

'purgatorium'은 '정화淨化'를 의미한다. 여옥은 가톨릭 교리에서 죽은 사람의 영혼이 천국으로 들어가기 전 남은 죄를 씻기 위해 머무는 장소이다. 베케트는 이 세상을 지옥과 천국 사이에 있는 연옥으로, 그것도 단테의 원뿔형 연옥이 아닌 조이스의 것과 같은 둥근 연옥으로 보고 있다. 단테가 사랑한 연인 베아트리체의 인도를 받아 천국으로 올라가는 것과 달리 "전진과 후퇴밖에 없"는 둥근 연옥에서 베케트의 인물들은 '이름 붙일 수 없는 자'의 주위를 맴도는 말론처럼 순환적이고 반복적인 움직임을 보인다.

그러나 "예술가로서 전지전능함"을 지향했던 제임스 조이스와 다르게 "무능과 무지"[10]로 자기만의 세계를 구축했던 베케트의 연옥에서는 인물들이 불구의 모습이거나 단테가 연옥 문 앞에서 만난 '벨라콰'처럼 몸을 웅크리고 앉아 있는 부동의 모습을 보이곤 한다. 탄원하듯 엎드려 손과 무릎으로 기어다니거나 몸을 웅크리고 자는 윌리의 모습이 바로 그것이다. 한정된 장소를 맴돌거나 한 곳에 매여 영원히 속죄를 되풀이하는 베케트의 인물들에게 이 둥근 세계는 닫힌 장소인 동시에 경계 없는 열린 장소이다. 위니의 세계는 구형求刑의 장소, 곧 하늘이 보이는 감옥이다.

---

9. 사뮈엘 베케트, 『단테… 부르노. 비코… 조이스』, 『율리시스』 학회보, 민희식 역, 1994; 제임스 조이스, 『율리시스 II』, 김성숙 역, 동서문화사, 2011, 1263~64면 재인용. 번역은 수정함.

10. Israël Shenker, interview with SB, *The New York Times*, 5 May 1956 in James Knowlson, *op. cit.*, 1996, p.686, n.57.

몸과 손, 존재와 관계

여기 광야에, 위니와 윌리가 있다. 무대에서 두 사람은 대조적이다. 예컨대 위니는 종소리에 깨어나야 하지만 윌리는 계속 잠을 잘 수 있고, 위니는 움직이지 못하지만 윌리는 기어다닐 수 있다. 반면 윌리가 견디지 못하는 뜨거운 햇빛에도 위니는 땀이 나지 않고 열기조차 느끼지 못한다. 그렇게 언덕으로 서서히 가라앉는 위니의 모습이 수직과 하강의 이미지를 보여준다면, 땅에 누워서 자기도 하고 언덕을 기어오르기도 하는 윌리의 모습은 수평과 상승의 이미지를 보여준다. 구멍을 왔다갔다하는 윌리가 거북이라면 위니는 부단히 날아오르려 애쓰는 새이다.[11] 땅을 벗어나고 싶어하는 위니의 무의식적 욕망은 다음과 같이 위니의 대사와 동작을 통해서 나타난다.

> **위니** 중력이 예전 같아요, 윌리, 난 그렇지 않은데. (사이) 그래요, 점점 더 그런 기분이 들어요 내가 이렇게―(동작을 취한다)―끼여 있지 않았다면, 그저 창공으로 떠올랐을 거예요. (사이) 그리고 아마 언젠가 땅이 못 이기고 나를 놓아줄 거예요, 끌어당기는 힘이 정말 굉장하거든요, 그래요, 내 주변에 온통 균열을 내고 나를 꺼내

---

11. Samuel Beckett, *Happy Days Oh les beaux jours: A Bilingual Edition with an Afterword and Notes by James Knowlson*, Faber and Faber, 1978, p.104.

줄 거예요. (사이) 당신은 느껴본 적 없어요, 윌리, 빨려
올라가는 기분? (사이) 때로는 붙잡고 있어야만 하지
않나요, 윌리? (사이. 윌리 쪽으로 몸을 약간 돌린다) 윌
리. (사이)

윌리 빨려 올라간다?

중력의 영향에서 벗어나 있다고 느끼는 위니의 대사는 위니
의 내면을 반영한다. 땅으로부터 벗어나고 싶어하는 위니의 바
람은 고개를 뒤로 젖히고, 몸을 일으켜세우고, 물건을 들어올리
고, 풀을 뽑고, 입가를 잡아당기는 등의 동작에서도 나타난다. 위
니의 대사와 동작은 이렇듯 긴밀하게 연결되어 욕망을 드러낸
다. 그러나 "창공으로 떠"오를 것 같은 위니의 기분과 다르게 몸
은 땅속으로 점차 가라앉는다. 위니의 비극성은 그녀가 "날 수
없는 새, 날개가 부러진 새"[12]라는 데 있다.

땅과 공기의 성질만큼이나 대조적인 두 사람이지만 "빨려
올라가는 기분"을 느낀다고 고백하는 위니에게 "빨려 올라간
다?"라고 반문하는 윌리의 대사에서 한 가지 공통점을 눈여겨
볼 수 있다. 바로 육체에 대한 그들의 욕망이다. 청년 혹은 소년
을 모집하는 신문의 구인광고를 읽고 외설적인 엽서를 "눈앞에
서 각도와 거리를 달리해가며" 바라보는 윌리의 모습이나 그
"쓰레기"같은 엽서를 경멸하면서도 집요하게 바라보는 위니의

---

12.   Linda Ben-Zvi, *op. cit.*, 1992, p.32.

시선에서 그들이 젊음이 깃든 육체를 욕망한다는 사실을 알 수 있다.

육체는 시간을 피해 갈 수 없다는 점에서 위니의 물건과 닮아 있다. 위니의 가방 속에 든 얼마 남지 않은 치약 튜브나 글씨가 흐릿해진 칫솔 손잡이, 거의 비어 있는 약병, 다 써가는 립스틱 같은 낡은 물건은 늙은 육체를 상기시킨다. 위니는 급기야 물건 과 생명을 지닌 육체를 동일시한다. 위니가 브라우니라는 애칭 으로 부르는 권총에 입을 맞추기도 하고, 때때로 권태로워하는 모습은 윌리를 대하는 태도에서 볼 수 있는 애증의 감정과 흡사 하다.

닳아 없어지는 육체를 가장 잘 보여주는 것이 손이다. 손은 일 상을 영위할 수 있게 하는 역할을 한다. 제1막에서 양손을 맞잡 고 기도를 하고, 치약을 짜서 칫솔질을 하고, 양산을 들어올리고, 가방을 뒤적이고, 손톱을 정리하는 등 위니의 풍부한 손동작은 제2막에서 부재하는 위니의 손을 부각시키고, 그녀의 상황을 더 욱 비극적으로 연출한다. 손은 양산 손잡이, 칫솔 손잡이, 손수건 등 위니의 물건에서도 나타난다.

무엇보다 손은 존재를 증명하는 수단이 된다. 손가락을 들어 달라는 위니의 요구에 윌리가 다섯 손가락으로 대답하는 다음의 장면은 두 사람의 불가피한 관계를 보여준다.

손가락 하나만 들어봐요, 여보, 제발요, 의식이 완전히 없는 게 아니라면. (사이) 날 위해서 해봐요, 윌리 제발, 새끼손가락

이라도, 아직 의식이 있디먼. (사이. 기쁜 목소리로) 오 다섯 손
가락 모두, 당신 정말 다정하네요 오늘, 이제 가벼운 마음으로
계속할 수 있겠어요.

베케트는 시나리오 『필름』(1967)에서 철학자 조지 버클리의
"존재하는 것은 지각되는 것Esse est percipi"[13]이라는 말을 인용한
다. 위니와 윌리에게 손은 지각될 수 있는, 그러므로 존재를 증명
할 수 있는 수단이다. 특히 손을 들어올리는 윌리의 반응은 위니
가 자신의 존재를 확인하고, 자신의 존재를 증명할 수 있는 말을
계속하게 해준다는 점에서 중요하다. 베케트가 70년대에 베를
린과 런던에서 〈해피 데이스〉를 직접 연출할 당시, 위니의 위치
를 언덕 중심에서 약간 비켜나 무대 왼쪽으로 이동시킨 것[14]은
두 사람의 관계를 보다 조명하기 위해서였다.

하지만 윌리의 손은 제1막에서도 거의 보이지 않는다. 윌리
가 위니의 떨어진 양산을 건넬 때나 신문을 펼칠 때, 얼굴에 부
채질을 할 때, 코를 풀 때 역시 윌리의 손은 보이지 않는다. 윌리
의 손이 관객의 시야에 오래 머무는 순간은 오직 그가 저속한 엽
서를 볼 때뿐이다. 위니가 보이지 않는 윌리의 손을 확인하려 하
고, 잡을 수 없는 그의 손 대신 칫솔 손잡이를 놓지 못하는 장면

---

13. Samuel Beckett, "Film" in *The selected works of Samuel Beckett*, volume III, Glove press, 2010, p.367.

14. Samuel Beckett, *Happy Days: The Production Notebook of Samuel Beckett*, ed. James Knowlson, Grove Press, 1986, p.189.

이 애잔한 것은 그 때문이다.

한 가지 짚고 넘어갈 것이 있다. 위니를 바라보는 눈에 대해. 영화 〈필름〉 속에서 'E'(눈)의 역할을 하는 카메라가 배우 버스터 키튼이 분한 'O'(대상)를 쫓는다면, 『해피 데이스』에서는 제1막과 제2막에 "손에 손을 잡고" 가방을 든 쇼어 혹은 쿠커 커플의 시선이 위니와 윌리, 두 사람을 응시한다. 영화에서 쫓는 눈과 쫓기는 대상이 결국 동일하다는 점에 비추어 보았을 때, 쇼어 혹은 쿠커 커플이 응시하는 그들의 모습은 결국 그들이 지각하는 그들 자신의 모습임을 알 수 있다. 그렇게 베케트는 위니에게 손을 내밀어 청혼하던 과거의 윌리와 손을 필요로 하는 현재의 위니의 엇갈리는 손을, 그리고 쇼어 혹은 쿠커 커플의 붙잡고 붙잡혀 있는 손을 보여줌으로써, 부재하는 관계 혹은 불화하는 관계를 비춘다.

위니의 존재를 증명해주기 때문일까? 윌리의 반응은 위니의 행복감과 연관되어 있다. 가령 위니가 머리카락에 대한 표현이나 '비육돈'의 정의를 물을 때 들리는 윌리의 대답 혹은 윌리의 행동은 위니의 "오 오늘도 행복한 날이 될 거예요!"라는 감탄을 촉발시킨다. 그러한 위니의 낙관 속에서 주목하게 되는 것은 '행복한 날'의 시제이다. 베케트는 제1막과 제2막의 끝에서 "오늘은 행복한 날이에요!"라는 현재형 문장을 뒤이어 "오늘도 행복한 날이 되겠어요! this will have been a happy day!"라는 미래완료형 문장으로 전복시킨다. 위니는 결코 "행복한 날이다"라고 말하지 않

는다. 행복한 날이 '될 것'이라고, 행복한 날이 '뇌겠다'고 말한
다. 미래완료는 현재부터 미래의 어느 시점 사이의 시제를 가리
킨다. "우리가 결코 어떤 것도 경험하고 있다는 사실을 의식하지
못하기 때문에 현재를 사는 것을 표현하는 데 우리가 찾을 수 있
는 가장 근접한 동사 시제"[15]가 미래완료시제라고 했던 앨런 애
스트로의 언급은 위니의 시간 인식과 관련해서 중요한 지점을
시사한다. 위니는 과거와 현재를 연속적으로 이해하지 못하고,
영원한 현재에 살고 있다고 느낀다. 그러한 위니의 시간 인식은
반복적이고 단속적인 대사에서도 확인할 수 있다. 베케트의 인
물들이, 그리고 우리가 결코 벗어날 수 없는 시간에 대해 뒤이어
살펴보자.

시간, 괴물 혹은 신에 관하여

> "우리는 그저 달라졌을 뿐이다.
> 어제의 재앙을 경험하기 전의 우리가 더이상 아니다."
> 사뮈엘 베케트, 『프루스트』[16]

베케트는 『프루스트』에서 시간과 습관과 기억을 가리켜 "야

---

15. Alan Astro, *Understanding Samuel Beckett*, University of South Carolina Press, 1990, p.72.
16. 사뮈엘 베케트, 『프루스트』, 유예진 역, 워크룸프레스, 2016, 14면.

누스적인, 머리 셋 달린, 기민한 괴물 혹은 신"[17]에 비유했다. 삶은 습관의 연속으로 이루어져 있다. 습관은 지각을 마비시킴으로써 고통스러운 삶과 기억을 망각하게 하는 한편, 권태를 야기하기도 한다는 점에서 가히 야누스적이라 할 수 있다. 위니는 습관적인 인물이다. 습관을 통해서 이상한 세상에 자신을 자연스럽게 맞춰나간다. 그러나 시간으로 인한 기억의 혼돈이 습관에 제동을 걸기도 하고, 반대로 제 기능을 멈춘 습관이 내면의 기억을 건드려 위니를 뒤흔들어놓기도 한다.[18] 시간은 습관과 기억과 더불어 하나의 거대한 톱니바퀴처럼 맞물려서 우리의 삶을 지배한다.

위니가 극기심이 강한 것이 아니라 알지 못하는 것이라고 했던 베케트의 언급[19]은 위니의 현실을 견디는 힘이 '무지'에서 비롯되는 것임을 암시한다. 하지만 위니의 독백이나 인용하는 문학 구절에는 때때로 내면의 감정이나 세상에 대한 인식이 묻어난다. 무엇보다 위니는 낮과 밤을 아우르는 '하루'라는 단어가 오직 낮만 있는 자신의 세계에서 더이상 유효하지 않다는 사실을 인식하고 있다. 그러한 시간 인식은 위니의 대사에서 확인할

17.　"Janal, trinal, agile monster or Divinity." Samuel Beckett, "Proust" in *The selected works of Samuel Beckett*, volume IV, Glove press, 2010, p.524.

18.　"내 이야기"를 들려주던 위니가 갑자기 비명을 지르는 장면은 트라우마를 연상시킨다. 연구자 캐서린 바이스는 끊임없이 과거를 되감는 위니가 "고통으로부터 벗어나고 싶은 욕망과 그것을 말해야 하는 요구" 사이에서 촉발되는 갈등을 해결하지 못해 반복, 정확성, 분열 등의 징후를 내보인다고 분석한다. Katherine Weiss, *The Plays of Samuel Beckett*, Bloomsbury, 2013, p.24.

19.　Samuel Beckett, *op. cit.*, 1986, p.17.

수 있다. 베케트가 메트로놈처럼 일성한 리듬으로 반복하길 바랐던 위니의 대사[20]는 시간과 습관과 기억의 톱니바퀴 아래서 인간의 피할 수 없는 운명을 보여준다.

(사이) 나는 한때 생각하곤 했어요… (사이) …나는 한때 한순간과 다음 순간 사이에 어떤 차이도 없다고 생각하곤 했다고 말해요. (사이) 나는 한때 말하곤 했어요… (사이) …나는 한때 말하곤 했다고 말해요, 위니, 너는 달라지지 않아, 한순간과 다음 순간 사이에 결코 아무런 차이가 없으니까. (사이) 왜 그 말을 또 꺼내는 거지?

위니는 "한순간과 다음 순간 사이에 어떤 차이도 없다고 생각하곤 했"던 '과거의 나'와 그렇게 "생각하곤 했다고 말"하는 '현재의 나'가 분열된 주체를 보여준다. 말 속에 나타나는 말줄임표와 침묵은 언어의 단절을 통해 주체의 분열을 부각시킨다. 끊임없이 중단되는 말은 기억하지 못하는 과거와 이해할 수 없는 현재의 불연속적인 시간 인식과 연관된다.[21] 텍스트 상에서보다 무대 위에서 더욱 입체적으로 나타나는 저 침묵은 상황이 극도로 악화되는 제2막에서 종소리, 비명소리 등 날카로운 소리와 극명하게 대비되며 무대에서 정체된 시간과 고통스러운 현실을

---

20.   Linda Ben-Zvi, *op. cit.*, 1992, p.6.
21.   S. E. Gontarski, *op. cit.*, 1977, p.15.

형상화한다.

　제2막에서 자신의 말을 인용하는 위니의 말투는 자신의 말을 바꿔 말하는 제1막에서도 나타난다. 돌이켜보면 위니의 대사는 칫솔 손잡이의 글자나 상투어, 문학 고전과 같이 인용들로 이루어져 있다. 위니가 관객에게 언덕에 가려져 있는 윌리를 끊임없이 환기시킴으로써 대화를 하고 있다는 착각을 불러일으키지만, 그들은 단지 "상호 교환의 모방 혹은 재현"[22]을 보여줄 뿐이다. 윌리 역시 위니의 대사를 반복한다는 사실을 잊지 말자. 베케트는 위니와 윌리가 셰익스피어의 『심벨린』의 구절을 인용하는 장면을 첫번째 타이프 원고에서 다음과 같이 구성하기도 했다.

　당신 앞에서는 천년도 하루와 같아, 지나간 어제 같고 깨어 있는 밤과 같사오니. (사이) 그 말 들었어요, 에드워드? (사이. **그의 목소리를 모방하며**) 그래. (**자신의 목소리로**) 뭐라고요? (사이. **그의 목소리를 모방하며**) 당신 앞에서는 천년도 하루와 같아, 지나간 어제 같고 깨어 있는 밤과 같사오니[23]

　첫번째 타이프 원고는 「시편」 제90장 4절이 인용되어 있고, 위니가 초기 윌리의 이름이었던 에드워드의 목소리를 모방한다는 점에서 최종 원고와 차이를 보인다. 베케트는 말하는 사람과

22.　Llewellyn Brown, "Cliché and Voice in Samuel Beckett's *Happy Days*", *Limit[e] Beckett 2*, Spring 2011.

23.　S. E. Gontarski, *op. cit.*, 1977, p.43. 강조는 인용자.

듣는 사람을 동일한 한 인물로 구성함으로써 소통의 허구성을 보여주려 했다. 위니가 부재하는 윌리를 대신해, 말을 하는 화자이자 말을 듣는 청자로서 자신의 말을 반복하는 장면은 이렇듯 주체의 분열뿐 아니라 관계의 단절을 비춘다.

위니의 언어에서 시간의 흐름을 보여주는 요소가 있다. 바로 대명사 '그것'이다. 대명사 '그것'은 맥락 속에서 지시할 수 있는 모든 대상을 가리킬 수 있다는 점에서 상황의 모호성을 두드러지게 하고 관객의 상상을 자극한다. 무엇보다 '그것'은 앞서 언급한 대상을 지시한다는 점에서 시간성을 가진다. 양산에 불이 나는 모습을 보며 "전에 이게 일어났던 것 같아요, 그게 기억나지는 않지만" 하고 말하는 장면의 경우, "한순간과 다음 순간 사이에 결코 아무런 차이가 없"다고 생각할 때조차 '이것'이 '그것'으로 변하는 위니의 언어에서는 이미 시간의 흐름이 나타난다는 것을 보여준다.

할 수 있는 모든 말을 꺼내고 또다시 그 말을 반복하는 위니의 모습은 테이프에 녹음된 과거 자신의 목소리에 귀기울이는 『크래프의 마지막 테이프』 등장인물 크래프의 그것과 유사하다. 말을 내뱉고 침묵 속에서 다시 그 말을 되새기는 베케트의 인물들은 자신의 목소리에서 나타나는 내면의 이타성을 파헤치기 위해 안간힘을 쓴다.

현대 인간극의 정수

다시 베를렌의 시로 돌아와서, 푸른 하늘이 검은 하늘이 되고 커다랗던 희망마저 어둠 속으로 사라진 "두 형상"을 보자. 존재한다는 것은 그들과 같이 무無로 돌아가는 여정과 다름없다. 『해피 데이스』는 제1막에서 장소로 지칭되던 광야가 제2막에서 위니와 동일시되면서 무로 돌아가는 존재의 관계를 보여준다. 그것은 위니와 윌리의 모습처럼 남녀 혹은 나와 타자의 관계일 수 있지만 나와 내 안의 타자의 관계일 수도 있다. 시 속에서 귀리밭을 걸어가는 "두 형상"처럼 흘러가는 시간 속에서 관계는 변화하지만 존재는 계속 나아갈 수밖에 없다. 이쯤에서 제기되는 의문 하나. 과연 위니에게 행복한 날이 올까? 한 가지 분명한 사실은 현재를 의식하지 못하는 한 행복은 계속 과거에 머물 수밖에 없고, 고통스럽지만 현재를 직시할 때, 데모크리토스가 그보다 더 현실적인 것은 없다고 말했던 무로 돌아갈 때, 행복을 느낄 수 있다는 것이다. 그것이 베케트가 무대에서 불가해한 세계를 있는 그대로 보여주려 했던 이유가 아니었을까?

1969년 베케트에게 노벨문학상을 수여한 스웨덴 한림원은 베케트의 글쓰기를 "모든 인류의 미제레레"[24]에 비유했다. 위니는 인류의 비참함 속에서 성을 뛰어넘어 한 인간을 보여준다. 위니와 윌리의 모습은 성역할에 기대어 살아가는 우리의 모습이다.[25]

24.　S. E. Gontarski, *Beckett Matters: Essays on Beckett's Late Modernism*, Edinburgh University Press, 2017, p.96.

25.　Linda Ben-Zvi, *op. cit.*, 1992, p.xiii.

『해피 데이스』가 우리 시대의 인간 조건을 섬세하게 그린 "현대 인간극의 정수"[26]로 평가되는 것은 그 때문이다. 『해피 데이스』는 덧없이 흐르고 변하는 것들에 대한 지칠 줄 모르는 인간의 집념과 불가해한 존재의 고통을 노래한다. 막이 내려도 끝없이 되감기는 오르골 선율처럼 단조의 선율이 귓가에 맴돌 것이다.

연극, 무대를 위한 시

끝내기 위해 베케트의 언어에 대해 이야기해보자. 발화한 형식이 곧 내용이 되는 베케트의 저 시적인 언어에 대해.

베케트는 연극 안으로 시를 가져오기를 바랐다.[27] 그는 단어의 반복 같은 언어적 요소뿐 아니라 구두점 같은 비언어적 요소로 텍스트 안에 리듬을 만들었다. 쉼표나 말줄임표(…)나 연결부호(—) 같은 비언어적 요소는 텍스트에서 주저와 방황의 효과를 불러오는 리듬을 만들고,[28] 구두점이 만드는 저 리듬은 그의 텍스트 안에서 내용과 형식의 동일성을 명확히 드러낸다. 베케트는 언어의 한계를 넘어서 삶과 죽음의 근원적 물음에 가닿기 위

26.   Ruby Cohn, *Back to Beckett*, Princeton University Press, 1973, p.192 ; N. Bianchini, *Samuel Beckett's Theatre in America: The Legacy of Alan Schneider as Beckett's American Director*, Palgrave Macmillan, 2015, p.67 재인용.

27.   James Knowlson, *op. cit.*, 1996, p.427.

28.   Karine Germoni, "Ponctuation" in *Dictionnaire Beckett*, Marie-Claude Hubert (dir.), Honoré Champion, 2011, pp.814~818.

해 침묵이라는 또하나의 언어를 사용했다. 말과 침묵이 끝없이 줄다리기하는 베케트의 연극이 "무대를 위한 시"[29]로 인정받는 이유이기도 하다.

고백하자면 읽을 때마다 달리 읽혔다, 베케트는. 읽을 때마다 새로운 것이 보였다. 그의 텍스트의 아름다움은 조이스의 그것과 같이 "눈에 보이는 것뿐 아니라 귀에 들리는 것과도 관련되어 있다."[30] 베케트의 희곡에는 부조리극 이상의 무언가가 있다. 의미를 찾는 시선이 점차 소리에 귀를 기울이게 되고, 내용과 형식이 어우러지는 시로 읽을 때 베케트의 텍스트는 새롭게 다가온다.

이 번역은 앞선 번역, 특히 베케트가 다시 쓴 프랑스어 텍스트에 빚을 졌다. 반복되면서도 어휘, 문체, 인용, 암시 등 여러 측면에서 차이를 지닌 베케트의 영어와 프랑스어 텍스트는 저마다의 리듬을 간직하고 있지만, 두 텍스트를 포개어놓을 때 텍스트에 내재된 언어 작용을 전체적으로 조망할 수 있다. 베케트는 두 텍스트의 언어 간 일치뿐 아니라 언어 내 관계성을 중요하게 생각했다. 그것은 텍스트를 소리 내어 읽을 때 비로소 구체적으로 다가온다.

김두리

29.　Samuel Beckett, *op. cit.*, 1978, p.122.

30.　제임스 조이스, 앞의 책, 2011, 1257면.

사뮈엘 베케트 연보*

1906년	4월 13일 아일랜드 더블린 남부 근교의 폭스록에서 신교도 가정의 차남으로 출생.
1915년	얼스포트 사립학교 입학. 프랑스어를 배우기 시작함.
1920년	북아일랜드 에니스킬린의 포토라 왕립학교 입학.
1923년	더블린의 트리니티대학교 입학. 프랑스어와 이탈리아어 전공.
1927년	트리니티대학교 수석 졸업.
1928년	벨파스트의 캠벨대학교에서 프랑스어를 가르침. 파리 고등사범대학 영어 강사로 부임. 전임 강사였던 토머스 맥그리비의 소개로 제임스 조이스를 알게 됨.
1929년	비평문 「단테… 브루노. 비코… 조이스*Dante... Bruno.*

---

* 베케트가 영어 혹은 프랑스어로 다시 쓴 텍스트는 괄호 안에 'E'와 'F'로 표시하고 제목과 출간년도를 병기했다.

Vico..Joyce」와 단편소설「승천Assumption」 발표. 훗날 조이스의 『피네건의 경야Finnegan's Wake』(1939)가 되는 글 "진행중인 작품Work in Progress"의 일부 「애나 리비아 플루라벨Anna Livia Plurabelle」을 알프레드 페롱과 프랑스어로 공동번역.

1930년	시집 『호로스코프Whoroscope』 출간. 문예지에 시를 발표하고, 이탈리아와 프랑스의 시 번역 작업에 참여하기 시작함. 트리니티대학교 프랑스어 강사로 부임.
1931년	비평집 『프루스트Proust』 출간. 문학석사학위 취득.
1932년	트리니티대학교 강사직 사임. 장편소설 『그저 그런 여인들에 대한 꿈Dream of Fair to Middling Women』(1992) 집필.
1934년	소설집 『발길질보다 따끔함More Pricks than Kicks』 출간.
1935년	시집 『에코의 뼈들 그리고 다른 침전물들Echo's Bones and Other Precipitates』 출간.
1937년	파리에 정착. 번역으로 생계를 이어감. 희곡 『인간의 소망들Human Wishes』(1983) 집필. 프랑스어로 시를 쓰기 시작함.
1938년	1월 괴한의 칼에 가슴을 찔림. 피아니스트 쉬잔 데슈보 뒤메닐과 교제. 장편소설 『머피Murphy』(F: 알프레드 페롱과 공동번역, Murphy, 1947) 출간.
1939년	잠시 방문한 아일랜드에서 프랑스와 영국이 독일에 선전포고를 한 소식을 듣고 파리로 돌아가기로 결심함.
1940년	6월 쉬잔과 함께 제임스 조이스의 가족이 머물고 있던 비시로 떠남. 이후 툴루즈, 카오르, 아르카숑으로 이동한 뒤, 10월에 파리로 돌아와 레지스탕스 조직에 가담함.

1941~1945년	장편소설 『와트*Watt*』(1953)(F: 뤼도빅·아녜스 장비에와 공동번역, *Watt*, 1968) 집필.
1942년	보클뤼즈로 피신.
1945년	파리로 돌아옴. 생로에 있던 아일랜드 적십자사의 군인 병원에 지원하여 통역사로 일함. 비평문 「판 펠더 형제의 회화 혹은 세계의 바지*La Peinture des frères van Velde ou Le Monde et le pantalon*」 발표. 프랑스어로 산문과 소설 등을 쓰기 시작함.
1946년	장편소설 『메르시에와 카미에*Mercier et Camier*』(1970) (E: *Mercier and Camier*, 1974), 단편소설 「첫사랑*Premier amour*」(1970)(E: *First Love*, 1973), 「추방된 자*L'Expulsé*」(1955)(E: *The Expelled*, 1967), 「끝*La Fin*」(1955)(E: *The End*, 1967), 「진정제*Le Calmant*」(1955)(E: *The Calmative*, 1967) 집필. 1938~39년에 쓴 열두 편의 프랑스어 시를 〈레 탕 모데른*les Temps Modernes*〉에 발표.
1947년	희곡 『엘레우테리아*Eleuthéria*』(1995), 장편소설 『몰로이 *Molloy*』(1951) 집필.
1948년	장편소설 『말론 죽다*Malone meurt*』(1951), 희곡 『고도를 기다리며*En attendant Godot*』(1952) 집필.
1949년	미술비평 「세 편의 대화*Three Dialogues*」 발표. 장편소설 『이름 붙일 수 없는 자*L'Innommable*』(1953) 집필.
1950년	소설집 『실패작들*Foirades*』(1976)(E: *Fizzles*, 1976), 『아무것도 아닌 텍스트들*Textes pour rien*』(1955)(E: *Texts for nothing*, 1967) 집필.
1951년	장편소설 『몰로이』(E: 패트릭 볼스와 공동번역, *Molloy*,

1955),『말론 죽다』(E: *Malone dies*, 1956) 출간.

1952년   희곡『고도를 기다리며』(E: *Waiting for Godot*, 1954) 출간.

1953년   1월 5일 파리 바빌론 극장에서 〈고도를 기다리며〉(로제
            블랭 연출) 초연. 장편소설『이름 붙일 수 없는 자』(E: *The
            Unnamable*, 1958) 출간. 프랑스어로 출간한 자신의 작
            품을 직접 영어로 번역하기 시작함.

1955년   단편소설「추방된 자」「끝」「진정제」와『아무것도 아닌
            텍스트들』이 실린 소설집『단편들 그리고 아무것도 아
            닌 텍스트들*Nouvelles et Textes pour rien*』(E: *Stories and
            Texts for Nothing*, 1967) 출간.

1957년   라디오극『넘어지는 모든 자들*All that fall*』(F: 로베르 팽
            제와 공동번역, *Tous ceux qui tombent*, 1957), 희곡『마
            지막 승부*Fin de partie*』(E: *Endgame*, 1958),『무언극 I
            Acte sans paroles I』(E: *Act without Words I*, 1958) 출간.
            단편소설「포기한 작업으로부터*From an Abandonned
            Work*」(1958)(F: 뤼도빅·아녜스 장비에와 공동번역, *D'un
            ouvrage abandonné*, 1967)를 〈에버그린 리뷰*Evergreen
            Review*〉에 발표.

1958년   희곡『크래프의 마지막 테이프*Krapp's Last Tape*』(F: 피에
            르 레리스와 공동번역, *La Dernière bande*, 1959) 출간.

1959년   트리니티대학교 명예박사학위 취득. 라디오극『잉걸불
            Embers』(F: 로베르 팽제와 공동번역, *Cendres*, 1959)과 짧
            은 글「영상*L'Image*」(1988) 발표. 희곡「무언극 II*Acte sans
            paroles II*」(1963)(E: *Acte without Words II*, 1960) 집필.

1960년   희곡『해피 데이스*Happy Days*』(1961) 집필.

1961년	3월 25일 쉬잔과 결혼. 호르헤 루이스 보르헤스와 국제출판인상 공동수상. 장편소설『그게 어떤지*Comment c'est*』(E: *How it is*, 1964), 희곡『해피 데이스』(F: *Oh les beaux jours*, 1963) 출간. 9월 17일 뉴욕 체리레인 극장에서 〈해피 데이스〉(앨런 슈나이더 연출) 초연.
1962년	라디오극『말과 음악*Words and Music*』(1964)(F: *Paroles et Musique*, 1966) 집필.
1963년	시나리오『필름*Film*』(1967)(F: *Film*, 1968)과 희곡『연극*Play*』(1964)(F: *Comédie*, 1964) 집필. 라디오극『카스칸도*Cascando*』(E: *Cascando*, 1964) 출간.
1963~1964년	단편소설「모든 이상한 것이 사라지고*All Strange Away*」(1976) 집필.
1965년	희곡『왔다 갔다*Come and go*』(1967)(F: *Va-et-vient*, 1966), 텔레비전용 스크립트『어이 조*Eh Joe*』(1967)(F: *Dis Joe*, 1966) 집필. 단편소설『죽은 상상력을 상상해보라*Imagination morte imaginez*』(E: *Imagination dead imagine*, 1965) 출간. 10월 18일 파리 현대미술관에서 피에르 샤베르와 공동으로 로베르 팽제의 독백극 〈가설 *L'Hypothèse*〉 연출.
1966년	단편소설『충분히*Assez*』(E: *Enough*, 1967)와『쿵*Bing*』(E: *Ping*, 1967) 출간. 2월 28일 파리 오데옹 극장에서 〈왔다 갔다〉와 로베르 팽제의 독백극 〈가설〉 연출. 3월 독일 국영방송 SDR에서 〈어이 조〉 연출(4월 13일 방송).
1967년	1945~66년에 쓴 단편소설을 수록한『노의 나이프*No's Knife*』(리처드 시버와 공동번역) 출간. 단편소설「소멸자

Le Dépeupleur』(1970)(E: The Lost Ones, 1972) 집필. 9월
26일 베를린 실러 극장에서 〈마지막 승부〉 연출.

1969년   노벨문학상 수상. 단편소설 『없는Sans』(E: Lessness,
1970) 출간. 희곡 『숨소리Souffle』(1972)(E: Breath,
1972) 집필. 10월 5일 베를린 실러 극장에서 〈크래프의
마지막 테이프〉 연출.

1970년   단편소설 「정적Still」(1974)(F: Immobile, 1976) 집필.
4월 29일 파리 레카미에 극장에서 〈크래프의 마지막 테
이프〉 연출.

1971년   9월 17일 베를린 실러 극장에서 〈해피 데이스〉 연출.

1972년   희곡 『나는 아니야Not I』(1973)(F: Pas moi, 1975) 집필.

1973년   이스라엘 화가 아비그도르 아리카의 동판화를 실은 단편
소설 『멀리 한 마리 새Au loin un oiseau』(E: Afar a bird,
1976) 출간. 독일 시인 귄터 아이히 기념집에 단편소설
「이야기된바As the Story Was Told」 수록.

1974년   영국 화가 윌리엄 헤이터의 동판화를 실은 희곡 『정적』
출간. 희곡 『그때는That time』(1976)(F: Cette fois, 1978)
집필.

1975년   희곡 『발소리Footfalls』(1976)(F: Pas, 1977), 텔레비전
용 스크립트 『고스트 트리오Ghost Trio』(1976) 집필. 3월
8일 베를린 실러 극장에서 〈고도를 기다리며〉 연출. 4월
파리 오르세 극장에서 〈나는 아니야〉와 〈크래프의 마지
막 테이프〉 연출.

1976년   소설집 『다시 끝내기 위하여 그리고 다른 실패작들Pour
finir encore et autres foirades』(E: For to End Yet Again

　　　　　　　　　　and Other Fizzles, 1976), 희곡집 『자질구레한 글들: 여
　　　　　　　　　　덟 편의 새로운 희곡*Ends and Odds: Eight New Dramat-*
　　　　　　　　　　ic Pieces』 출간. 텔레비전용 스크립트 『 『…오직 구름만
　　　　　　　　　　이…*...but the clouds…*』(1977) 집필. 5월 런던 로열코트
　　　　　　　　　　극장에서 〈발소리〉 연출. 10월 1일 베를린 실러 극장에
　　　　　　　　　　서 〈그때는〉과 〈발소리〉 연출.

1977년　　　　　5~6월 독일 SDR에서 〈오직 구름만이〉와 〈고스트 트리
　　　　　　　　　　오〉 연출(11월 1일 방송). 9월 베를린 독일예술원에서 영
　　　　　　　　　　어로 〈크래프의 마지막 테이프〉 연출.

1978년　　　　　시집 『시들 그리고 미를리토나드*Poèmes suivi de mirliton-*
　　　　　　　　　　nades』 출간. 4월 파리 오르세 극장에서 〈발소리〉와 〈나는
　　　　　　　　　　아니야〉 연출. 10월 6일 베를린 실러 극장에서 〈연극〉 연출.

1979년　　　　　단편소설 『동반자*Company*』(F: *Compagnie*, 1980) 출간.
　　　　　　　　　　희곡 『독백극*A Piece of Monologue*』(1981)(F: *Solo*, 1982)
　　　　　　　　　　집필. 1월 독일 SDR에서 〈어이 조〉 연출(9월 방송). 6월
　　　　　　　　　　런던 로열코트 극장에서 〈해피 데이스〉 연출.

1981년　　　　　단편소설 『잘 못 보이고 잘 못 말해진*Mal vu mal dit*』
　　　　　　　　　　(E: *Ill seen ill said*, 1982), 희곡 『오하이오 즉흥곡*Obio*
　　　　　　　　　　Impromptu』(F: *Impromptu d'Obio*, 1982), 『자장가
　　　　　　　　　　Rockaby』(F: *Berceuse*, 1982) 출간. 텔레비전용 스크립
　　　　　　　　　　트 『콰드*Quad*』(1984) 집필, 6월 독일 SDR에서 〈정방향
　　　　　　　　　　I+II*Quadrat I+II*〉이란 제목으로 연출(10월 8일 방송).

1982년　　　　　희곡 『대단원*Catastrophe*』(E: *Catastrophe*, 1984) 출간.
　　　　　　　　　　텔레비전용 스크립트 『밤과 꿈*Nacht und Traüme*』(1984)
　　　　　　　　　　집필, 10월 독일 SDR에서 연출(83년 5월 19일 방송).

1983년   희곡『무엇을 어디서 *What Where*』(F: *Quoi où*, 1983), 단
            편소설『최악을 향하여 *Worstward ho*』, 작품집『단편들:
            잡다한 글들과 희곡 한 편*Disjecta: Miscellaneous Writings
            and a Dramatic Fragment*』출간.

1984년   시집『시 전집 1930-1978*Collected Poems 1930-1978*』출간.

1985년   6월 독일 SDR에서 〈무엇을 어떻게〉 연출(86년 4월 13일
            방송).

1986년   단편소설「떨림*Stirrings Still*」(1988)(F: *Soubresauts*,
            1989) 집필.

1988년   시「어떻게 말할까*Comment dire*」(1989)(E: *What is the
            word*, 1989) 집필.

1989년   12월 22일 사망. 그해 7월 사망한 쉬잔과 함께 파리의 몽
            파르나스 묘지에 안장됨.

HAPPY DAYS

옮긴이 **김두리**
출판사에서 해외문학 편집자로 일했다. 한국외국어대학교 통번역대학원 한불과
를 졸업하고, 고려대학교 대학원 불어불문학과 박사과정을 수료했다. 현재 번역
을 통해서 베케트의 언어를 연구중이다. 옮긴 책으로 『낙서가 예술이 되는 50가
지 상상』 『여성 권리 선언』 『다윈의 기원 비글호 여행』 등이 있다.

문학동네 세계문학
해피 데이스

초판 인쇄 2020년 2월 7일 | 초판 발행 2020년 2월 19일

지은이 사뮈엘 베케트 | 옮긴이 김두리 | 펴낸이 염현숙

책임편집 고선향 | 편집 이현정
디자인 최윤미 | 저작권 한문숙 김지영
마케팅 정민호 이숙재 양서연 박지영
홍보 김희숙 김상만 오혜림 지문희 우상희 김현지
제작 강신은 김동욱 임현식 | 제작처 상지사

펴낸곳 (주)문학동네
출판등록 1993년 10월 22일 제406-2003-000045호
주소 10881 경기도 파주시 회동길 210
전자우편 editor@munhak.com | 대표전화 031) 955-8888 | 팩스 031) 955-8855
문의전화 031) 955-3578(마케팅) 031) 955-1917(편집)
문학동네카페 http://cafe.naver.com/mhdn | 트위터 @munhakdongne
북클럽문학동네 http://bookclubmunhak.com

ISBN 978-89-546-7074-6 03840

www.munhak.com